講談社文庫

波乱

百万石の留守居役（一）

上田秀人

講談社

目次——波乱　百万石の留守居役（一）

金沢・江戸間の街道図
N
新潟
市振関所
高田
関川関所
北国街道
金沢
高岡
富山
加賀藩
富山藩
加賀藩領
善光寺
日光
大聖寺
大聖寺藩
天領
上田
軽井沢
碓氷関所
松井田
高崎
館林
追分
碓氷峠
福井
高山
塩尻
下諏訪
熊谷
浦和
日光街道
中山道
福島関所
板橋
甲州街道
関ケ原
江戸
名古屋
箱根関所
岡崎
東海道
駿府
新居関所
地図作成／ジェイ・マップ

〔留守居役《るすいやく》〕

主君の留守中に諸事を采配《さいはい》する役目。人脈をもつ世慣れた家臣がつとめることが多い。参勤交代が始まって以降は、幕府や他藩との交渉が主な役割に。外様《とざま》の藩にとっては、幕府の意向をいち早く察知し、外様潰《つぶ》しの施策から藩を守る役割が何より大切となる。

〔加賀《かが》藩士〕

藩主
前田綱紀《まえだつなのり》

人持《ひとも》ち組頭《くみがしら》七家（元禄《げんろく》以降に加賀八家）
本多安房政長《ほんだあわまさなが》（五万石）筆頭家老
長《ちょう》　尚連《ひさつら》（三万三千石）国人出身
横山玄位《よこやまはるたか》（二万七千石）江戸家老
前田孝貞《たかさだ》（二万一千石）
奥村時成《おくむらときなり》（一万四千石）奥村本家
奥村庸礼《やすひろ》（一万二千四百五十石）奥村分家
前田備後直作《びんごなおなり》（一万二千石）

―人持ち組―平士
瀬能数馬《せのうかずま》（一千石）ほか

平士並《なみ》―与力（お目見《めみ》え以下）―御徒《おかち》など―足軽など

〔第一巻『波乱』――おもな登場人物〕

瀬能数馬《せのうかずま》　加賀《かが》藩士。千石取りだが無役同然。城下で襲われた前田直作《まえだなおなり》を救う。祖父数右衛門《かずえもん》が天徳院《てんとくいん》(秀忠《ひでただ》の娘珠姫《たまひめ》)付きで、旗本から加賀藩士となった。

前田備後《びんご》直作　加賀藩の重臣、人持《ひとも》ち組頭《くみがしら》。国元での意見対立で孤立する。

本多《ほんだ》安房《あわ》政長《まさなが》　五万石の加賀藩筆頭家老。家康の謀臣《ぼうしん》本多正信《まさのぶ》が先祖。「堂々たる隠密《おんみつ》」。

琴《こと》　本多政長の娘。出戻りだが、五万石の姫君として縁談が次々舞い込む。

林彦之進《はやしひこのしん》　政長の家臣。世慣れており、数馬の江戸行きを補佐する。

前田孝貞《たかさだ》　二万一千石。人持ち組頭。直作と対立する。

横山玄位《よこやまはるたか》　二万七千石の人持ち組頭の一人。加賀藩江戸家老。家督《かとく》を継いだばかり。

小沢兵衛《おざわひょうえ》　加賀藩江戸留守居役《るすいやく》。酒井忠清《さかいただきよ》に呼び出される。

前田綱紀《つなのり》　加賀藩四代当主。利家《としいえ》の再来との期待も高い。二代将軍秀忠の曾孫《そうそん》。

町《まち》　綱紀の江戸上屋敷の妾《めかけ》。

徳川綱豊《つなとよ》　甲府藩主。三代将軍家光《いえみつ》の三男綱重《つなしげ》の嫡男《ちゃくなん》。次期将軍候補の一人。

徳川綱吉《つなよし》　館林《たてばやし》藩主。家光の四男。次期将軍候補の一人。

牧野成貞《まきのなりさだ》　館林徳川家家老。堀田正俊《ほったまさとし》に、主《あるじ》綱吉の将軍後継を願う。

堀田備中守《びっちゅうのかみ》正俊　老中。父正盛《まさもり》は蛍《ほたる》大名とあだ名された。

酒井雅楽頭《うたのかみ》忠清　大老。幕政の実権を握る御用部屋の中心。

徳川家綱《いえつな》　四代将軍。病弱だが後継は未定。そうせい侯と揶揄《やゆ》される。

波乱

百万石の留守居役（一）

第一章　天下の行方《ゆくえ》

一

江戸城中奥御座《なかおくござ》の間《ま》を出た医師半井典薬頭《なからいてんやくのかみ》は、控え室である医師溜《たまり》ではなく、黒書《くろしょ》院溜《いんたまり》の間《ま》へと急いだ。

「お待たせをいたしました」

幕府の重要な行事に使用される黒書院、その右隅で庭へ突き出すように設けられているのが、黒書院溜である。もともとは黒書院での行事の下準備などをおこなう小役人のための控え室であったが、三方を庭に面し、他人目《ひとめ》から隔絶されていることから、老中や若年寄などの密談に用いられるようになっていた。

「どうであった。上様のご容体は」

待っていた大老酒井雅楽頭忠清《さかいうたのかみただきよ》が急かす《せ》ように四代将軍家綱《いえつな》の様子を問うた。

「あまりよろしくはございませぬ」

腰も下ろさず、半井典薬頭が首を振った。

「お食事はほとんど摂《と》られませぬ。お食べになられても、戻される有様《ありさま》。かろうじて水はお飲みになられまするが……」

半井典薬頭が最後まで言わなかった。

「典薬頭」

酒井雅楽頭が厳しく表情を変えた。

「天下がかかっておる。偽《いつわ》りなく、医師としての本音を申せ」

「……ごくっ」

雰囲気の変化に半井典薬頭が緊張した。

「上様のご回復はあるか」

「……難しいかと」

半井典薬頭が答えた。

「あと上様はどのくらい在《あ》られる」

「……………」

質問に半井典薬頭が息を吞《の》んだ。

「沈黙は許さぬ」

「人の命というものは、計れませぬ」

「ごまかすな。そなた医者を何年やっておる。まさか、看取《みと》った患者がないとでもいうか。ならば、医者として経験に問題有りだな。ただちにお役を変えねばならぬ」

「お、お待ちを」

立ちあがりかけた酒井雅楽頭へ、半井典薬頭がすがりついた。

幕府典薬頭は、徳川家康《とくがわいえやす》が京から招いた名医の子孫が世襲している。半井家と今大路《いまおおじ》家の二家あり、それぞれに薬草園を預かって、将軍とその家族の健康維持に従事していた。

それだけに医者としての技量を求められ、腕が悪いとされれば存亡にかかわった。お役御免《ごめん》ですめばいいが、下手すれば強制隠居、小普請《こぶしん》入りなどの罰を与えられる。なにより幕府医官の最高峰に君臨している典薬頭が、医術未熟と言われては終わりであった。どの顔で配下の医者たちの前に出ればいいのか。半井典薬頭が顔色を変えたのも当然であった。

「二度は訊《き》かぬ。いつまでだ」

「長くて三月《みつき》、早ければ二月《ふたつき》……」

大きく肩を落として半井典薬頭が告げた。

「なんだと……」

その短さに酒井雅楽頭が驚愕《きょうがく》した。

「ご側室がたに懐妊のお兆しは」

「報告は受けておりませぬ」

半井典薬頭が否定した。

将軍、御台所《みだいどころ》、側室は毎朝幕府医師による診察がおこなわれた。御台所がすでに亡い今、家綱の血筋を生むかもしれない側室たちの状況把握は重要となっていた。

「上様にはお世継ぎがおられぬ。このままお亡くなりになるようなことになれば、慶《けい》安《あん》の二の舞ぞ」

酒井雅楽頭が頬《ほお》をゆがめた。

慶安とは、由《ゆ》井正雪《いしょうせつ》の乱のことであった。慶安四年（一六五一）四月、三代将軍家《いえ》光《みつ》が病死した。跡を継いだ家綱がまだ十一歳と幼かったうえ、家光執政堀田《ほった》加《か》賀守《がのかみ》正《まさ》盛《もり》、阿部《あべ》対馬守《つしまのかみ》重次《しげつぐ》らが殉死《じゅんし》したこともあり、世情不安となった。

そこへ浪人軍学者由井正雪らがつけこんだ。

幕府は、家康以来三代にわたって外様譜代《とざまふだい》を問わず、大名取《と》り潰《つぶ》しを押し進めた。その結果、天下には主家を失った浪人があふれていた。名のある手柄を持つ浪人は、他家へ再仕官できても、ほとんどは二度と主《あるじ》を持てず、蓄えを食いつぶして落ちぶれていくしかなかった。

そんな浪人たちの不満を由井正雪は利用した。江戸と、駿河《するが》、京、大坂で同時に蜂起して倒幕をと考えた由井正雪は、仲間によって訴人され、計画は頓挫《とんざ》した。

しかし、その計画はおそるべきものであり、成功していれば天下が大いに乱れたであろうことは、まちがいなかった。

「いや、慶安より悪い。あのときはまだ世継ぎがおられた。今は、跡継ぎが決まってさえいない」

「…………」

独《ひと》りごちる酒井雅楽頭に、半井典薬頭は沈黙を守った。旗本とはいえ、半井典薬頭は医者でしかない。医者は、政《まつりごと》にかかわらないのが決まりであった。

「こうはしておられぬ」

酒井雅楽頭が急いで黒書院溜を出ようとした。

「……言うまでもないだろうが」

襖際《ふすまぎわ》で酒井雅楽頭が足を止めた。

「今のことは他言無用。しゃべればどうなるか、わかっておるな」

「じ、重々承知いたしておりまする」

震えながら半井典薬頭が首を何度も縦に振った。

江戸城は将軍の居城である。御三家であろうが、百万石の加賀前田《まえだ》家であろうが、譜代最高の禄《ろく》を誇る彦根《ひこね》井伊《いい》家であろうが、一歩江戸城に入れば、家臣でしかなくなる。屋敷や居城では、何十人、何百人の家来に傅《かしず》かれている大名たちが、供もなく一人になるのが江戸城内であった。

その江戸城内に、諸藩の家臣のための部屋があった。

中御門を入ってすぐの座敷がそれである。留守居《るすい》控えと呼ばれた座敷には、諸藩の留守居役が詰《つ》めていた。

留守居役とは、その名のとおり、主君の留守を預かり、諸事を采配《さいはい》する役目である。主君他行中の対応は、留守居役がおこなう。他国からの使者が来た場合など、用件への返答は留守居役の任であった。そのため、主君の信頼が厚いことはもとより、いろいろなことをこなさなければならないため、世慣れた者が命じられる重要な役目であった。

といっても、乱世のころのように出陣などで、主君が居城を留守にすることはほとんどなくなった。また、参勤交代で居城を留守にしている間は、江戸にいるとわかっているのだ。他家からの使者は、主君の居場所を確認してから出る。家中のことも家老や用人などの執政が取り仕切るようになり、留守居役の権限は大いに減じた。

しかし、経験に裏打ちされた能吏を遊ばせておくのはもったいない。そこで諸藩は世慣れた留守居役に他藩との交渉を担当させた。

他藩との交渉は難しい。領地の境界問題から、嫁とりのことまで、硬軟合わせて問題はいくつでも起きる。とくに幕府との関係が難物であった。

逆らえば潰す。力を持ちすぎているようだから削《そ》ぐ。

幕府の姿勢は、家康以来変化していなかった。

安芸《あき》の福島《ふくしま》家、肥後《ひご》の加藤《かとう》家、羽州《うしゆう》の最上《もがみ》家など、幕府によって取り潰された藩は、枚挙にいとまがなかった。

それこそ、明日は吾《わ》が身である。それを防ぐには、どうするか。徳川に平伏して恭順するだけでは、足りないのだ。

そこで諸藩は、留守居役に幕府との交渉をさせた。最初に人脈を作り、親しくなって内輪の話を教えてもらう。

次はどこを狙っているか、どのような手を遣《つか》うのか。

これがわかれば対処のしようもある。もし、己《おのれ》の藩が狙われているならば、他家へ矛先《ほこさき》を向けてもらうように手配する。

非常に難しいことだが、こなせれば藩の危急を救う。

では、幕府から見て、留守居役はどうなのか。

やはり有用であった。

幕府から諸藩との繫《つな》がりを求めるのは、沽券《こけん》にかかわる。上からものごとを押しつける立場が幕府である。だからといって、これだけでは、余計な軋轢《あつれき》を呼んだり、手間がかかる。そこで、幕府も諸藩の留守居役を利用した。あらかじめ、こういう風にするぞと教えておくと、藩主への通達がすみやかに進む。

ここに両者の利害が一致した。諸藩は幕府への繫がりを作りたい。幕府は、諸藩への事前通達をさせたい。こうして幕府も諸藩の留守居役を陪臣《ばいしん》ながら、特別に扱った。

留守居役の価値を認めた幕府は、個別に面談したりするより、一度で用件をすませうと江戸城中に詰め所を設けた。それが留守居控えであった。ここでできない話は、城を出てから一人一人とすればいいだけのことである。

留守居控えは、江戸城において唯一、諸藩の藩士が休息を取れる場所であり、諸藩同士の交渉ができるところであった。

「加賀さまのお留守居さま」

留守居控えの襖が開き、お城坊主が顔を出した。

「これは月斎《げっさい》どの。御用でございますかな」

控えの奥、上座に近いところから返答がした。

「畏《おそ》れ入りまするが、少し」

「ただちに」

月斎に呼ばれて、加賀藩の留守居役が控えを出た。

「どなたかお呼びでござるか」

すばやく留守居役が一分金を月斎に握らせた。

「いつもかたじけのうございまする」

月斎がていねいに礼を述べた。

お城坊主は、城中の雑用をこなした。老中の使者から、大名、旗本の厠《かわや》のお供《とも》まで、なんでもする。執政や大名に近づくわりに身分は低い。お目通りできない御家人であり、その禄も二十俵二人扶持《ぶち》、役金二十七両と少ない。役目のない御家人ならば、それこそ擦《す》り切れた袴《はかま》をはいていても大事ないが、雑用係とはいえ江戸城中で勤務するのだ。羽織《はおり》、小袖《こそで》などくたびれたものを身につけるわけにはいかず、なかなかに生活は厳しい。

しかたなくお城坊主たちは、用を頼んだ相手から心付けをもらうことで、生計を維持していた。

気前よく金をくれる諸藩の留守居役は、お城坊主にとってありがたい相手であった。

「雅楽頭さまでございまする」

「なにっ。ご大老さまが」

留守居役が大声を出した。

「お平らに」

両手を伏せるようにして月斎がなだめた。

「すまぬことでござった」

あわてて留守居役が詫《わ》びた。

「ご用件はおわかりではないか」

声を潜《ひそ》めて留守居役が問うた。

「あいにく……」

「心あたりがござれば、お教え願いたい」

留守居役が小判を取り出した。

「…………」

じっと小判を見ていた月斎が、手を伸ばした。

「噂《うわさ》でございまするが……」

前置きをしてから、月斎が語った。

「上様のご気色がお優れではないそうでございまする」

「ご病気とは存じておりまするが」

将軍が病気となれば、見舞いをしなければならない。他の藩よりも早く見舞いの品を出し、少しでも幕府の覚えを良くする。それも留守居役の仕事である。加賀藩の留守居役が家綱の病気療養を知っていて当たり前であった。

「お悪いのでござるか」

「…………」

無言は肯定《こうてい》であった。

雑用係であるお城坊主は、将軍御座の間と大奥以外はどこにでも入れた。茶の用意、部屋の片付けや掃除など、お城坊主の仕事は多い。医師溜も、老中の執務部屋である御用部屋も自在に出入りできた。

「上様のご様子と、加賀藩に何かかかわりでもあるのだろうか」

独り言のように留守居役が漏《も》らした。

「わたくしどもではわかりかねまする」

はっきりと月斎が首を振った。

お城坊主がわからないと断言したならば、そこで話を打ち切るのが慣習であった。本当に知らないか、あるいは知っていても話せる内容でないかのどちらかであるからだ。

「またなにかあれば、よしなに」

留守居役もあきらめた。

「ここでお待ちを」

月斎が足を止めたのは、納戸《なんど》口《ぐち》を入って右にある老中下部屋の並びであった。下部屋とは着替えや食事などをする場所である。他職は役職ごとに一部屋であるが、老中だけは一人部屋を与えられていた。

老中以外近づく者もないところで、留守居役は半刻《はんとき》（約一時間）以上待たされた。

「入れ」

現れた酒井雅楽頭が、待たせた詫びもなく下部屋の襖を開けた。

「ご無礼を」

頭を下げ、小腰をかがめた姿勢で留守居役が後に続いた。

「閉めろ」

「はっ」

命じられて留守居役が襖を閉めた。

「座れ」

無双窓《むそうまど》から入るあかりを背にして酒井雅楽頭が上座へ腰を下ろして、留守居役へ指示した。

「ご大老さまにはご機嫌……」

「止《や》めい。無駄《むだ》な挨拶《あいさつ》はいい。加賀藩留守居役の……」

手をあげて留守居役を制した酒井雅楽頭が、少し首をかしげた。

「小沢兵衛《おざわひょうえ》と申しまする」

名前を聞かれたと悟った留守居役が名乗った。

「うむ。小沢、多忙ゆえに前置きはせぬ」

「お伺《うかが》いいたしまする」

小沢が両手をついて、頭《こうべ》を少し垂《た》れた。

「上様のご病気は存じておるな」

「主以下、藩をあげて案じております る」

確認された小沢が答えた。

「上様のご病気は、まもなくご本復《ほんぷく》される」

「……それはおめでとうございまする」

お城坊主の話と違うが、それを顔色に出すようでは留守居役は務まらない。小沢は祝いを口にした。

「だが、今回のご病気で、我ら執政衆は、怠慢《たいまん》に気づいた」

「ご大老さまが、怠慢などありえませぬ」

「世辞はいい。黙って聞け」

要《い》らぬ愛想を口にした小沢へ、酒井雅楽頭が怒りを見せた。

「申しわけございませぬ」

小沢が平伏した。

「怠慢とは、上様のお世継ぎのことだ。上様はまだ不惑を迎えられたばかり、まだまだお子さまをお作りになられるお力はお持ちである。それに甘えていた。上様がご長命であることは疑いもないが、やはりお世継ぎがおられてこそ、天下は泰平である」

「…………」

しつこいくらいに家綱の健康を言う酒井雅楽頭の話を、小沢は黙って聞いていた。

「そこでお世継ぎさまを迎えておこうと思う」

「ご養子さまでございまするか」

「そうだ」

口を挟《はさ》んだ小沢へ、酒井雅楽頭が首肯《しゅこう》した。

「もちろん、上様のお血筋がお生まれになられたときは、お引きいただく」

「……難しゅうございませぬか。一度世継ぎになられた方を廃するというのは、なにかと……」

小沢が懸念を表した。

「大事ない。前例がある」

酒井雅楽頭がなんでもないと言った。

「家康さまのご長男、信康《のぶやす》さまだ」

「前例……」

「信康さま……」

徳川家がまだ織田《おだ》家と同盟していたとき、家康の長男信康は、織田信長《のぶなが》の娘五徳《ごとく》と婚姻《こんいん》していた。武勇に優れ、家臣の人望も厚い。そのうえ、同盟、いや宗主に近い信長の娘婿《むすめむこ》である。徳川家の次代は安泰だと思われていた。

その信康に、謀叛《むほん》の疑いが生じた。出所はなんと信康の妻五徳であった。信長の血を色濃く引いた五徳は、美貌ながら猜疑心《さいぎしん》の強い女だった。いかに美人でも、性格に難があれば、男は離れる。信康も五徳の寝所へかよわなくなり、代わって側室を愛《め》でた。これに怒った五徳が、側室は武田《たけだ》家からつかわされた女で、信康は織田を裏切り、武田につこうとしていると、父信長へ訴えたのだ。

当時、武田家は偉大なる信玄《しんげん》を失っていたが、その国力は徳川と織田に匹敵していた。また、天下布武を標榜《ひょうぼう》した信長への風当たりは強く、石山本願寺《いしやまほんがんじ》、毛利《もうり》など敵対するものが多かった。

もし、徳川が武田へ寝返ったら、織田家は滅びる。信長は、信康を殺せと家康へ命じ、家康は信康を廃嫡《はいちゃく》したうえで、切腹させていた。

「と言ったところで、御三家や館林《たてばやし》の弟君をご養子とするのはよろしくない」

「なぜでございましょう。御三家はともかく、館林公は上様の弟に当たられまする。お世継ぎとなられるに、なんの支障もございますまい」

小沢が疑問を呈した。

「廃嫡できるか」

「えっ……。先ほど信康さまのことが前例だと」

話がおかしいと小沢が戸惑った。

「信康さまを廃嫡しても、家康さまには秀忠《ひでただ》さまを始めとするお子さま方がおられた。ゆえにすぐに次へと移れた。しかし、家綱さまにはお子さまがいない。たとえば、ご養子を定められてから、すぐに側室のどなたかが懐妊されたとしても、お生まれになるには一年かかる」

「はい」

小沢が相槌《あいづち》を打った。

「世継ぎになられるには、元服までいかねばなるまい。武家の統領が子供では、いかに神君家康さまの玄孫とはいえ、話にならぬ。せめて家綱さまが大統を継がれた十一歳にお成りいただかねばなるまい。それには今から十二年かかる」

「たしかに」

「十二年ぞ。それだけあれば、ご養子さまにしたがう者も出てこよう」

「あっ」

ようやく小沢が気づいた。

「なにより十二年あれば、ご養子さまにもお子ができられよう。吾が子ができれば、跡を継がせたいと思うのが人の情。したがう家臣もでき、跡継ぎの子もできた。そこで、廃嫡と言われて、うなずけるか」

「…………」

小沢は返答できなかった。肯定すれば謀叛を認めることになり、否定すればものの真《まこと》を理解できない愚か者と笑われる。

「なにせ、御三家や館林どのは、神君家康公の血を引いた徳川の一門だ。将軍位を継ぐになんの不足もない。これを盾《たて》に取られてはの」

「……まさか」

さっと小沢の顔色がなくなった。

「わかったようだの。そうだ。徳川の一門ではなく、家康さまの血を引く者。これならば、将軍になってもおかしくはなく、なおかついつでも廃嫡できる。なにせ、後押しする譜代などがおらぬからの」

「我が主、綱紀《つなのり》を世継ぎにと……」

震えながら小沢が口にした。

「うむ」

はっきりと酒井雅楽頭が首肯した。

加賀藩前田家四代当主綱紀は、二代将軍秀忠の曾孫《そうそん》であった。前田家の祖利家《としいえ》の息子で二代藩主となった利常《としつね》の正室として秀忠の娘珠姫《たまひめ》を迎え、その間に生まれた光高《みつたか》が三代藩主を継いだ。その光高の嫡男が綱紀であった。つまり綱紀は、家康の玄孫にあたる。

「ああ、綱紀だけではないぞ。他にも候補はいる。越前松平家《えちぜんまつだいら》の血を引く広島浅野《あさの》の息子二人」

「浅野綱長《つななが》さまと弟の長澄《ながずみ》さま」

他藩とはいえ、大名の当主とその兄弟の名前がすぐに出ないようでは留守居役など務まらなかった。

「知ってのとおり、浅野へ嫁入《よめい》られた家康公の三女振姫《ふりひめ》さまとの間にお生まれになられた光晟《みつあきら》の孫が、浅野の綱長である。が、綱長の母が幕府へ逆らって消された越前松平忠直《ただなお》の娘だったことから、外されるべきである」

冷静な口調で酒井雅楽頭が語った。

「これで余《よ》の言いたいことはわかったな」

説明は終わったと酒井雅楽頭が告げた。

「藩主が世継ぎとなられて、江戸城西丸へ入られても大丈夫なように、態勢を整えておけと」

「うむ。猶予《ゆうよ》はない。早速《さっそく》に取りかかれ」

言い終わった酒井雅楽頭が犬を追うように手を振り、小沢へ退出を命じた。

二

加賀藩の上屋敷は、江戸城から少し離れた小石川《こいしかわ》にある。走るようにして上屋敷へ戻った小沢は、家老横山玄位《よこやまはるたか》への面会を求めた。

「なんだと」

小沢から話を聞かされた横山玄位が絶句した。

「殿を五代将軍さまにか」

「そのように大老酒井雅楽頭が仰《おお》せになられておられました」

確認する横山玄位へ小沢が首肯した。

「ううむうう」

横山玄位がうなった。

百万石をこえる加賀藩、その家老ともなれば、そのあたりの大名よりも石高は多い。横山家は、加賀藩の始祖利家に仕えた名門である。石高は二万七千石、江戸首席家老をしていた。

「ただちに国元へ使者を出せ。江戸屋敷だけで決められるものではない」

父の死によって若くして横山の家督《かとく》と江戸首席家老の席を引き継いだ玄位は、あまりにも経験がなさ過ぎた。一人での判断ができず、国元へ対応を問い合わせるしかなかった。

「承知いたしました」

横山玄位の指示で、早馬が金沢へと向かった。

大老が加賀藩留守居役を呼んで密談した。

一日経たずして、話は江戸城に広まっていった。

「雅楽頭さま」

「なんだ、備中守《びっちゅうのかみ》」

御用部屋で執務していた酒井雅楽頭へ老中堀田備中守正俊《まさとし》が声をかけた。

「加賀藩の留守居へお話をされたとのこと、ご用件をお教え願えまするか」

「無用じゃ」

一言で、酒井雅楽頭は堀田備中守の要望を拒《こば》んだ。

「しかし、加賀は外様大名とはいえ、唯一百万石をこえる家。その加賀の家臣とご大老が密かに会われたとなれば、なにかと気にする輩《やから》が出て当然でございまする。疑心暗鬼を生んでは、幕府にも加賀にもよろしくございますまい」

「疑心暗鬼になっているのは、そなたであろう」

堀田備中守の言いぶんへ、酒井雅楽頭が返した。

「…………」

「それだけならば、さっさと仕事に戻れ。御用は待ってくれぬぞ」

黙った堀田備中守へ、酒井雅楽頭が告げた。

「……御免《ごめん》」

堀田備中守が離れた。大老と老中という身分の差もあるが、なにより家格が違いすぎた。

酒井家は徳川と祖を同じくする三河《みかわ》以来の譜代名門である。対して堀田家は、織田信長、豊臣秀吉の家臣を経て、関ヶ原《せきはら》以降に徳川家へ奉公した新参者でしかなかった。堀田備中守の父、正盛が三代将軍家光の寵愛《ちょうあい》を受けたおかげで大名にまで出世したが、その裏では蛍大名《ほたる》と陰口を叩《たた》かれていた。蛍とは尻が光るとの意味で、家光の男色の相手をしたことで立身した堀田正盛を揶揄《やゆ》する言葉である。正盛は家光の死に殉《じゅん》じて腹を切り、その遺領は嫡男正信《まさのぶ》、三男備中守正俊、四男正英《まさひで》に相続が許された。

堀田備中守正俊は父が殉死する前に、家光の乳母《めのと》春日局《かすがのつぼね》の養子となっていたこともあり、家綱の側近として重用され、先年若年寄から老中へとのぼっていた。

「…………」

無言で堀田備中守が御用部屋を出て行った。

「口出しするなど、百年早いわ」

その背中に酒井雅楽頭が吐《は》き捨てた。

「いかがなさいました」

老中大久保《おおくぼ》加賀守忠朝《ただとも》が、問うた。

「いや、昨今、先祖代々の功績がないにもかかわらず、上様の寵愛を良いことにはばきかす者が増えて困るな」

「はあ」

酒井雅楽頭の文句に、大久保加賀守が曖昧《あいまい》な返答をした。

「徳川の世を支えるべきは、かつて三河のころより、辛酸をなめてきた我ら譜代である。外様などすべて潰してしまえばよい。さすれば、徳川の天下を揺るがす者はなくなり、百年、いや千年の安泰が得られるというに」

「外様を潰すのは、なかなかに難しゅうございましょう。なかには、神君さまより末代までの継承を許されている家もございまする」

大久保加賀守が諌《いさ》めた。

「そのようなもの気にせずともよかろう。家康さま自ら、お与えになられたお墨付《すみつ》きを無視された例もある」

「伊達《だて》でございますな」

すぐに大久保加賀守が思い当たった。

伊達とは仙台藩のことだ。乱世奥州の雄といわれた伊達政宗《まさむね》を祖とする外様大名である。その伊達政宗に、徳川家康は関ヶ原の合戦のおり、味方してくれれば米沢《よねざわ》付近の七郡を褒賞《ほうしょう》として与えるという手紙を渡していた。関ヶ原の合戦直前、上杉《うえすぎ》家と佐《さ》竹《たけ》家が関東以北で敵となっていた。両者合わせれば、その所領は二百万石をこえる。そこに伊達家まで加われば、兵を西に返して豊臣と天下分け目の戦いをおこなうなど夢になる。それこそ、江戸城が陥落、徳川存亡の危機となる。なんとしても伊達を味方としなければならない。そこで家康は戦後の加増を約束し、伊達は家康についた。家康必死の策であった。そして関ヶ原で勝った家康は、天下人となったが、伊達家との約束を無視、加増を反故《ほご》にしていた。

神君と讃《たた》えられる家康のやったことは、幕府のなかで正義とされる。酒井雅楽頭は、あっさりと約束を破ることなど気にしないと宣言した。

「それよりも上様のお身体《からだ》は……」

大久保加賀守の表情が曇った。

「……………」

今度は酒井雅楽頭が沈黙した。

「お世継ぎさまの決定をせねばなりますまい」

もう一人の老中稲葉美濃守正則《いなばみののかみまさのり》が口を挟んできた。

「順当で行けば、館林公。あるいは甲府公でござるな」

稲葉美濃守が候補を挙げた。

「甲府公は駄目《だめ》だ。館林公より、一代遠い」

酒井雅楽頭が首を振った。

甲府徳川綱豊《つなとよ》は、家光の三男綱重《つなしげ》の子供である。綱重が死んだため、その遺領を継いで甲府藩主となっていた。

「では、館林公でよろしいか。なかなかによろしきお方だという」

館林藩主徳川綱吉《つなよし》は、家綱の弟で家光の四男であった。その質も勉学を好み、名君の素養有りと評判であった。

決めてよいのではないかと稲葉美濃守が言った。

「いや、早計である」

手をあげて、酒井雅楽頭が待てと制した。

「ほかにどなたか意中のかたでも」

「意中と言うわけではないが、幕府はこのままでよいのか」

問うた大久保加賀守へ酒井雅楽頭が述べた。

「どういう意味でございましょう」

首をかしげて大久保加賀守が訊いた。

「上様が世上でなんと呼ばれているか、存じておろう」

「……そうせい侯だと」

苦い顔で大久保加賀守が答えた。

四代将軍家綱は、十一歳で将軍を継いだ。まだ子供であった家綱に、政などできようはずもなく、家光の遺臣である松平伊豆守信綱《いずのかみのぶつな》、阿部豊後守忠秋《ぶんごのかみただあき》、酒井雅楽頭忠勝《ただかつ》らに一任せざるをえなかった。やがて、家光の遺臣たちが世を去り、酒井雅楽頭忠清、大久保加賀守、稲葉美濃守らが老中となったが、家綱は変わらなかった。政に興味を持たず、どのようなことでも老中たちの奏上にうなずくだけであった。

「このようにいたしたく、ご裁可を願いまする」

「そうせい」

老中の言うとおりに認めることから、家綱はそうせい侯とあだ名されていた。

「そういう噂が世に漏れる。なによりこれが問題である」

酒井雅楽頭が言った。

「たしかに。江戸城の御座の間、そこであったことが、市中に知れているなど論外」

大久保加賀守が同意した。

「小姓か小納戸のなかに、噂を流した者がおるのはまちがいないが、特定などできぬ。全員を一気に取り替えたところで、混乱するだけ、それで今後噂が出ないという保証はない。なにより、すでに流布《るふ》している噂は消せぬ」

「はい」

人の口に戸は立てられない。また、一度拡散した噂を否定することなどまずできなかった。

「家綱さまの悪評は、ひいては神君家康公のお名にも傷を付ける」

「さようでございますな」

難しい顔の酒井雅楽頭に大久保加賀守が同意した。

「そこでだ、次の将軍には、直系でないお方を選ぼうと思う」

「えっ」

大老のいうがままであった大久保加賀守が、目を剝《む》いた。

「現状、政は我ら執政衆がおこなっており、天下泰平、庶民の不満もない」

「それはそうでござるが」

己の事績も否定することになりかねない。大久保加賀守も認めた。

「うまくいっているものを変える意味はなかろう」

「…………」

警戒したのか、大久保加賀守が沈黙した。

「余はな、幕府を二つに分けるべきだと思うのだ」

「二つに分ける……」

酒井雅楽頭の言葉に、大久保加賀守が怪訝《けげん》な表情をした。

「武家の統領と、政よ」

ゆっくりと酒井雅楽頭が告げた。

「本来将軍というのは、武家の統領である。そして将軍が建てた幕府が政を担《にな》う。これが正しき姿である」

酒井雅楽頭の説は詭弁《きべん》であった。が、現実でもあった。幕府を作るのに苦労してきた初代、その様子を見て育った二代くらいまでは、まだ世情にも通じ、政をおこなうのに十分な知識があった。だが、代を重ねるうちに、将軍は血筋の正統さだけで決められるようになっていく。と同時に、貴種として安全を図られ、厳重な江戸城の奥深くから出ないようになっていく。出たとしても、万一のないよう、周囲を何千という兵で覆《おお》い、世間から隔絶する。これでは、世情というか、現状を知るなど無理である。

将軍は政をするに足るだけの知識を持っていない、いや、奪われた。

「政は御用部屋に一任していただいている。現状でもな。そのため、天下は治まっているが、上様に悪評がついた。これをよしとするかどうかだ」

「上様に悪い噂が立つなど、よろしくはないと思われまするが。天下の尊敬を受けねばならぬお方でございまするぞ」

大久保加賀守が述べた。

「家綱さまはお気になさらなかった」

「いいえ。お気にされないのではなく、ご存じないのでございましょう」

小さく大久保加賀守が首を振った。

「そうだ。だからこそ、政は回っている。なぜなら、上様が御身に付いた悪評を訂正なさろうとされぬからだ」

「なにを言われたい」

大久保加賀守が酒井雅楽頭へ、猜疑の眼差《まなざ》しを向けた。

「では、上様がお隠れになられた後はどうなる」

「……あっ」

言われた大久保加賀守が気づいた。

「今の上様にはお子さまがおられぬ。つまり、次の上様となられるお方は外からお迎えするしかない。館林公となるか、御三家となるか……どちらにせよ、世情をあるていど知り、上様のそうせい侯という噂も聞いているお方。そのお方が将軍になられたら、どうなさる」

「そうせい侯というような悪評が付かぬようにされましょうな」

大久保加賀守が答えた。

「うむ。そう言われぬためには、自らが政を決済するしかない。上様が政をおこなわれる。それはよいのか。今の上様よりは多少世間を知っておられるとはいえ、我らから見れば何も知らぬも同然。そのお方が、一々政に口を挟《はさ》まれる。我らの決めたことに反対され、逆のことをなされるやも知れぬ。なにせ、我らは家綱さまにそうせい侯などという悪名を押しつけた奸佞《かんねい》の臣だ」

鼻先で笑うように酒井雅楽頭が述べた。

「もっとも、新しい上様が決まれば、我らは排されるであろうがな」

「…………」

聞き終わった大久保加賀守が言葉を失っていた。

「最初に申しておくぞ。吾が身の保身ではない。ただ幕政の混乱を避けたいだけでのことじゃ」

「承知いたしておりまする」

建前でしかないが、この一言がのちのちの己を救う。酒井雅楽頭と大久保加賀守が顔を見合わせた。

「上様となられるにはたった一つ絶対の資格がある。それは神君家康さまのお血筋の男子であること」

「はい」

「それさえ満たせば、あとは誰であっても問題はない。長子相続などと言うが、それはすでに家康さまによって否定されている。二代将軍秀忠さまは、家康さまの三男。次男の秀康さまを差し置いて家を継がれたからだ」

「わかっておりまする」

一々大久保加賀守が返答をした。これも儀式であった。

「家康さまの血を引きながら、政に手出しをされないお方。この方こそ五代将軍にふさわしい」

「…………」

さすがに返事を大久保加賀守はしなかった。

「……どなたをお考えか」

「余の考えに合うお方は、ただ一人」

酒井雅楽頭が言葉を切って、わざと間を空けた。

「上様の血を引きながら、我らのなすことに異議を言われぬのは……前田綱紀侯のみ」

「外様の大名ではございませぬか」

大久保加賀守が驚愕した。

「前田綱紀侯は、秀忠さまの姫の孫に当たられる。りっぱなお血筋である」

「それはわかりまするが、外様でございますぞ」

「譜代よりよい」

「えっ……」

何度目になるかわからぬ間の抜けた声を大久保加賀守が出した。

「譜代は徳川家の家臣である。家臣を主筋にいただくわけにはいかぬ。主従の逆転すなわち下剋上《げこくじょう》こそ、幕府の根本を揺るがせる。対して外様は、関ヶ原まで徳川と同格であった。今でも厳密に申せば、家臣ではなく、寄騎《よりき》なのだ」

「たしかに家臣に組みこんでしまえば、老中や若年寄などへの登用をいたさねばなりませぬ。また主は家臣を守るもの。しかし、寄騎は家臣ではなく、協力をしているだけの者。どのような状況になっても救う義務はない」

大久保加賀守が理解した。

「なれど、反発は大きいかと」

「それを抑えるのは我らの任であろう。幕府の存続に逆らうならば、相応の報いを受けさせればいい。一門であろうとも、家臣でしかないのだからな」

酒井雅楽頭が淡々と口にした。

「それはよしといたしましょう。ですが、反発を覚悟してまで、外様の当主を将軍家に推す理由をお伺いしたい」

「簡単なこと。前田綱紀侯は我らに逆らえぬ」

「どういうことでございますか」

わからないと大久保加賀守がふたたび問うた。

「綱紀侯は前田家を離れ、徳川家の養子となられる。これは他姓の者は将軍になれないという前例があるからだ」

説明を酒井雅楽頭が始めた。

家康の次男秀康が将軍になれなかったのは、結城《ゆうき》家へ養子に入り、他姓であったからだというのが表向きの理由となっていた。

「もっとも実際は家康さまが秀康公をお嫌いであったからだそうだがな」

酒井雅楽頭が笑った。

家康は生まれた秀康を一目見て、その口が耳まで裂けているのを嫌い、「捨てよ」と言って二度と見ようとはしなかった。それほど秀康は怪異であった。

「その前例を覆す意味もあり、まず前田家の籍を外す。ご正室は幸い保科正之《ほしなまさゆき》どのが姫であったが、すでにお亡くなりである。そのためか子供もない」

「まさか……加賀百万石を幕府領に組みこむ」

「そうだ。綱紀侯が出られた前田家は、ただの外様。潰そうが転封させようが、執政衆の思うがままであろう」

「うううむうう」

大久保加賀守がうなった。

「藩を押さえられれば、政に口出しなどされまい」

酒井雅楽頭が告げた。

「跡継ぎはどうなさる。五代さまでお迎えするならば、六代さまとなられるお世継ぎを……」

「先の話は、よい。今でなければならぬことをまずなさねばならぬ」

質問した大久保加賀守を酒井雅楽頭が制した。

「すでに加賀藩へ、話はとおした。あとは、我らが地盤を作るだけだ。加賀守どのよ、手伝ってくれるであろうな」

冷たい目で酒井雅楽頭が大久保加賀守を睨《にら》んだ。

「し、承知いたした」

断れば執政から放逐《ほうちく》する。酒井雅楽頭にはそれをするだけの権があった。大久保加賀守が震えながら首肯した。

三

百万石の城とはいいながら、金沢城は平城で難攻不落の要害ではなかった。それでも乱世を乗りこえられてきたのは、末森《すえもり》城や小松《こまつ》城などの支城との連絡が良く取れていたからであった。しかし、それも一国一城令の影響でいくつかの支城を破却させられたことで、潰《つい》えた。

だからといって、脆弱《ぜいじゃく》なままで放置しておくわけにはいかなかった。なにせ、前田家は百万石を誇る外様である。徳川幕府にとって、薩摩《さつま》の島津《しまづ》、仙台の伊達と並んで、要注意な大名なのだ。とはいえ、城の改築や要害の地への移動は、徳川幕府が認めない。

そこで、加賀藩は城の周りに支城に匹敵する要害を作った。

その一つが城の周囲に拡がる武家屋敷であった。金沢の武家屋敷は一種の砦《とりで》であった。屋敷は普通の武家屋敷だが、壁は高く隣家と隙間《すきま》なく繋《つな》がり、ところどころに作られた明かり取りが銃眼《じゅうがん》の役目を果たす。また、屋敷の前には幅一間（約一・八メートル）の水路が満々と水をたたえ、濠《ほり》の様相を呈していた。さらに武家屋敷の一角を区切るようにある辻《つじ》は甲州流軍学《こうしゅうりゅう》にもとづいて作られ、まっすぐではなく微妙に曲がり、一目で先が見通せないようになっていた。

また、金沢城は元和《げんな》六年（一六二〇）、寛永《かんえい》八年（一六三一）の二度火事に遭《あ》っていた。とくに城下から発した寛永八年の火事の被害は大きかった。戦国の城をそのまま使用してきた金沢城は、この火事を機に、戦う城から政をおこなう場所へと変わり、城下も整備された。金沢の城下は江戸と違い、武家町のなかに町屋が混在するのではなく、武家町に添う帯のごとく商人町や職人町が固まっていた。また武家町も格や禄高の近い者が固まるように配置されており、身分の低い足軽などは城から遠い犀《さい》川沿《がわぞ》いに組長屋を与えられ、隔離されていた。

当然、武家屋敷の並ぶあたりは日が暮れると、人気《ひとけ》はまったくなくなった。

「姦物覚悟」

「忘恩の徒め」

暗くなった屋敷町を歩いていた三人の主従へ、辻の角から飛び出した覆面姿の刺客二人がいきなり襲いかかった。

「わああ」

不意をつかれた家臣の一人がたちまち斬り伏せられた。

「なにやつ」

残った二人のうち、体軀《たいく》の立派な武家が、もう一人の前をかばうように立ちふさがった。

「殿を幕府へ売るような輩に名乗る名前はない」

血刀を突き出しながら、覆面の刺客が拒んだ。

「なにをいうか。加賀藩百年の安寧《あんねい》のためである」

大柄な家臣が言い返した。

「藩主を人身御供《ひとみごくう》にしての安泰に、なんの意味がある。そのようなまねをしてみろ。前田家の臣は天下の笑いものぞ」

もう一人の刺客が罵《ののし》った。

「笑われるだけで生き残れるなら、安いものだろう」

黙ってやりとりを見ていた主人らしき武家が口を開いた。

「なにっ」

血刀を持つ刺客が憤《いきどお》った。

「三代藩主利常公の故事を思い出せ。利常公は鼻毛の殿さまと笑われることで、見事に前田家を守って見せられた。利常公を、虚《うつ》けと言うのか、おまえたちは」

初代家康から三代将軍家光までの間、幕府は敵対するかもしれない外様大名を遠慮会釈なく潰していった。難癖《なんくせ》に近い理由で改易《かいえき》となった大名も多い。豊臣恩顧《とよとみおんこ》で安芸一国の大名であった福島正則《まさのり》など、そのいい例であった。水害で崩れた石垣の修復を幕府へ申請したのを、受け付けたはずの老中が聞いていない無届けだと言いだし、取り潰しにもっていった。そんなとき三代藩主となった利常は、国元にあるときは名君として治世に励みながら、江戸城中では鼻毛を伸ばし、口を開けた阿呆面《あほうづら》をすることで、人々の嘲笑《ちょうしょう》を買っていた。天下を狙うほどの器量はないと、幕府に思わせ、前田に野心はないと表明するためであった。

「今回のとは話が違うであろう。利常公のなされたのは、軍略である」

強く否定した刺客が続けた。

「だが、今回のは違う。御子息方ならまだしも、現当主を養子に出すなど、過去聞いたこともない醜聞《しゅうぶん》である」

残っていた刺客が言った。

「言われてみれば、そのとおりであるな」

襲われた当人が同意した。

「だがな、それは狭い考えであろう」

主人が言った。

「狭いだと」

「そうだ。殿が五代将軍となられれば、前田家はどうなる」

「…………」

問われた刺客が黙った。

「尾張《おわり》、紀州《きしゅう》以上の親藩となる。この理屈くらいはわかろう」

「…………」

刺客は沈黙を続けたが、話の内容に動揺しはじめていた。

「となれば、前田家を潰すわけにはいくまい」

「……くっ」

　武家の言葉に刺客が詰まった。

「前田家百年の安泰が得られるのだ」

「黙れ。殿を徳川に売るには違いない。臣下として主君を吾が身のために差し出すなど、論外である。主君あっての家」

　血刀を振って脅《おど》すように刺客が言い返した。

「いいや」

　はっきりと武家が首を振った。

「家とは人の集まりなり。前田家は当主だけではなりたたぬ。一門、家臣があってこそだ。主君はそれをまとめる中心でしかない。中心がなければ、家はなりたたぬが、主君だけで家はもたぬのも事実だ」

「詭弁を弄《ろう》すな」

　武家の言いぶんに刺客が激した。

「詭弁……そうだな。だが、前田家を生かすために、これ以上の手はない。将軍の実家となれば、幕府も手出しはできまい。家の存続が確実になる」

「主君を売って、己を生かそうというだけではないか」

　刺客が否定した。

「落ち着け……」

「問答無用」

とうとう刺客の辛抱が切れた。太刀を上げた刺客が斬りかかった。

「おう」

大柄な家臣が、一人の刺客の太刀を受け止めた。しかし、もう一人の一撃までは防げなかった。

「死ね」

邪魔されなかったもう一人の刺客の太刀が、武家へ迫った。

「……くうう」

なんとか主人も抜き合わせて、一刀を防いだ。しかし、そこまでであった。刺客の重い一撃をいなし損ねて、身体が流れた。

「もらった」

刺客が太刀を突き出した。

「殿」

大柄な家臣が悲鳴をあげた。

「えっ……」

突き出された刺客の太刀が、光を発して止まった。足下に何かが落ちる音がした。

「小柄《こづか》……なにやつ」

落ちたものを確認した刺客が武家の後ろをにらんだ。

「夜中、人を襲うなど、うろんな奴」

暗がりから若い武士が姿を現した。夜中にもかかわらず、袴をきっちりと身につけた姿は、それなりの家柄であることを示していた。

「お手出し無用。前田家のためでござる。黙ってお通りくだされ」

「家のため……正しいことをしているというか」

若い武士が問うた。

「さよう。前田家を食い荒らす獅子身中の虫は排除しなければなりますまい」

刺客が答えた。

「面体《めんてい》を隠しておきながら、義を語るか」

「…………」

指摘に、覆面の刺客が言葉を失った。

「義があるならば、白昼堂々と論ずるべきである。決して闇討ちなどで解決できようものではなかろう」

厳しく若い武士が告げた。

「黙れ。やむを得ぬ事情があるのだ」

怒鳴《どな》るように口調を変えた刺客が言い返した。

「下がれ、下がらぬならばきさまを排す」

刺客が太刀をわざとひらめかした。

「来い」

若い武士が太刀を抜いた。

「逃げてもよいのだぞ」

武家が若い武士を案じた。

「貴殿に義がないと言われるのか」

「いいや。人によって違う取りかたはあろうが、大義はあると信じておる」

立派な身形の武家が胸を張った。

「ならば、結構でござる。貴殿の大義に助太刀《すけだち》いたそう」

若い武士が太刀を青眼《せいがん》に構えた。

「愚行を後悔するがいい」

刺客が駆け寄ってきた。

「ふん」

間合いを十分に計っていた若い武士が、腰を落とし太刀を薙《な》いだ。

「……つっ」

薙ぎは一定の間合いを制する。水平に振られた太刀の切っ先が届く手前で、刺客がたたらを踏んだ。

「隙《すき》あり」

太刀が行きすぎたとたん、刺客がふたたび突っこんだ。

「やああ」

刺客が太刀を袈裟掛《けさが》けに振った。

「…………」

若い武士は動かなかった。薙ぎを怖れて腰が引けただけ届かないと見切っていた。

「えっ」

反応しない若い武士に刺客が戸惑った。

真剣は触れるだけで切れる。首筋などの急所であれば、命にかかわることもある。誰でも真剣には恐怖を覚える。その切っ先が身体に近づけば、避けようとして当然であった。避けるために動き、体勢を崩す。そこへつけこむつもりだったのだ。しかし、若い武士は目の前三寸（約九センチメートル）を過ぎていく切っ先を無視した。

「馬鹿な」

「ほう」

刺客が驚き、身形のよい武家が感心した。

「えいやあ」

若い武士が薙いだ太刀を引き戻し、中段から斬りあげた。

「ぎゃあっっ」

呆然《ぼうぜん》としていた刺客は、対応できなかった。下あごから鼻へと顔を斬られて絶叫した。

「砂上《さがみ》」

家臣と切り結んでいたもう一人の刺客が絶句した。

「こいつっ」

刺客の注意がそれた。見逃さず家臣が鍔迫《つばぜ》り合《あ》いになっていた太刀を強く押し出した。

「くっ」

大柄な家臣の力に押し負けた刺客が後ろへ下がった。

「……このままではすまぬ。きさまの顔覚えたぞ」

刺客が言い残して、闇へと逃げていった。

「待て……」

「追うな。出水《いずみ》」

後を追おうとした家臣を主人が制した。

「どこへ逃げこむかだけでもつきとめませんと」

「無用じゃ。今の儂《わし》には敵が多すぎる。それよりも水田《みずた》をこのままにしてはおけまい」

主人が首を振った。

「はっ」

命じられた出水が、倒れ伏した同僚のもとへ近づいた。

「さて、あらためて礼を言おう」

主人が助太刀してくれた若い侍に正対した。

「前田直作《なおなり》という。今夜は助かった」

きっちりと前田直作が頭を下げた。

「直作さま……ご一門の」

若い侍が驚いた。

「で、貴殿の名を教えてもらえるか」

「あっ。え……」

問われた若い侍が戸惑った。

「……貴殿も儂を不忠の臣という口か」

前田直作が嘆息した。

「…………」

若い侍が沈黙した。

「のう、名無しどのよ」

静かに前田直作が話しかけた。

「もし、助ける前に儂のことを知っていたら、どうしていた」

「…………」

少しだけ若い侍が考えた。

「躊躇《ちゆうちよ》はしたと思いまする。ですが、闇討ちは見逃せませぬ」

若い侍が答えた。

「儂が死ねば、争いは終わるぞ」

「たしかに、そうなのでございましょう。しかし、それは禍根《かこん》を残すだけでございましょう。次に同じようなことがあったとき、また論敵を殺すことで決着をつける。悪《あ》しき前例を作ってしまいませぬか」

「……ほう」

前田直作が目を大きくした。

「殿」

水田を背負った出水が声をかけた。

「うむ。屋敷に戻るぞ」

振り返った前田直作が首肯した。

「礼をしたいが、今の儂とかかわりを持つだけでも迷惑であろう。いつか、落ち着くまで借りておく」

前田直作が若い侍に告げた。

「いえ、お気になさらず」

若い侍が首を振った。

「ではの」

出水を促《うなが》して、前田直作が歩き出した。

「……のう、名無しどのよ」

少し離れたところで、前田直作が足を止めた。

「武家とはなんなのだろうな」

「えっ」

不意な問いかけに、若い侍が戸惑った。

「騒動が落ち着いたら、一度話をしよう」

前田直作がふたたび歩き出した。

去っていった前田直作一行の姿が、路の曲がりによって見えなくなった。

「武家とは……主君に忠をなすだけではないと言われるか。前田直作どのはなにをなさるおつもりだ」

若い侍のつぶやきは、月明かりを反射して滔々《とうとう》と流れる水路の音に吸いこまれていった。

四

大老酒井雅楽頭から持ちかけられた話は、前田家を二分した。

「藩主を幕府に差し出すとはなにごとぞ」

「殿が五代将軍となられれば、前田家は未来永劫安泰である」

名誉を守れ、いや実利を考えろとの議論が江戸でも国元でも繰り広げられていた。

やはり幕府に近く、大老酒井雅楽頭の力を間近に見ている江戸藩邸は、藩主綱紀の江戸城入りを推進する者が多く、一方、国元では藩主を人身御供に差し出すなど論外だとの意見が大半を占めていた。

いや、国元の重臣で乗り気だったのは、一門の前田直作だけと言える状況であった。

江戸藩邸から話が国元へもたらされたとき、加賀藩で万石以上を領し、藩政を担っていた人持《ひとも》ち組頭《くみがしら》たちは、それぞれの反応を見せた。

「…………」

五万石という譜代大名並みの禄を誇る重臣筆頭の本多安房政長《ほんだあわまさなが》は一言も意見を口にせず、沈黙を守った。

「殿のお考えにしたがいまする」

使者として国元へ戻った横山玄位《はるたか》は、昨年父から家督を継いだばかりのうえ、若年というのもあって意見を保留した。

「とんでもないことである」

一万四千石の奥村《おくむら》本家の奥村時成《ときなり》、一万二千四百五十石奥村分家の当主奥村庸礼《やすひろ》の二人は、顔色を変えて反対した。

「話の順序が違う。将軍になるというなら、先代の光高さまでなければならぬ。綱紀さまも徳川の血を引くとはいえ、一代遠い」

一門で二万一千石を食《は》む前田孝貞《たかさだ》はあきれた。

「綱紀さまこそ、加賀の正統。そのお方を養子に出すのは本末転倒である」

前田家が北陸に入ったとき、いち早くそのもとへ参じた国人《こくじん》出身三万三千石長尚連《ちょうひさつら》も首を振った。

前田家で一手の大将となる人持ち組頭といわれる七家のうち、四家が明らかに反対し、二家が曖昧《あいまい》な状況のなか、ただ一人賛成にまわったのが、前田直作であった。

前田直作は、藩祖前田利家の曾孫にあたる。直作の先祖、利家の次男利政《としまさ》は豊臣秀吉に仕え、能登《のと》一国を与えられた大名であった。だが、関ヶ原で徳川に与《くみ》せず、西軍側に近い態度をとったため、所領を奪われ京で隠棲《いんせい》した。のち、弟の不遇を哀れんだ兄利長《としなが》の手配で、利政の息子直之《なおゆき》が、金沢三代藩主利常に仕えた。その直之の跡継ぎが前田直作であった。

藩主家にもっとも近い一門として遇されていた前田直作が、大声で賛成したのだ。

「なんともめでたいお話である。我らが殿が天下の武家を統《す》べる征夷大将軍となられる。これほどの慶事があろうか」

前田直作は、周囲の冷たい目や憤怒《ふんぬ》の表情を無視して、喜んだ。

「備後《びんご》どの、少し落ち着かれよ」

人持ち組頭が集まった場ではしゃぐ前田直作を、本多政長が抑えた。備後は前田直作の通称である。

「不謹慎である」

やはり一門の前田孝貞が不快感を露《あら》わにした。

一門同士とはいえ、前田孝貞と前田直作の間は、他人よりも遠かった。前田孝貞の元祖は、尾張下之一色《しものいっしき》城主で、織田信長の家臣であった。本能寺《ほんのうじ》の変の後、織田信雄《のぶお》に仕えていたが、羽柴《はしば》秀吉の誘いにのって寝返った。怒った織田信雄と徳川家康の連合に攻められて降伏、城と領地を失った。のち、前田利家に拾われ、能登七尾《ななお》城主を皮切りに、富山城代を経て、今は家中に重きをなしていた。

そう、前田直作の祖父利政の居城だった能登七尾城を受け取ったのが、前田孝貞の先祖だったのだ。

もともと前田一族の本家としての自負があった下之一色前田家である。領地と城を失って、分家筋の家臣となったとはいえ、その矜持《きょうじ》は高い。兄に同調せず、関ヶ原で城と領地を失った利政を、前田孝貞の曾祖父長種《ながたね》は嫌っていた。

「城と領地を失ったのは、同じではないか」

前田利政は、敵愾心《てきがいしん》を剝き出しにしてくる前田長種を相手にしなかったが、不快であったのは確かである。

一代の間は、どれほど兄から勧誘を受けようとも、頑《がん》として娘の嫁ぎ先である京の豪商角倉《すみのくら》家から動かなかった利政だったが、さすがに息子まで腐らせるわけにはいかないと、直之を前田家へ戻した。

それがまた前田長種の気に障《さわ》った。

あまりに境遇が似すぎていたのだ。当主の判断で家を潰し、一門の家に拾ってもらう。前田長種は、まだ十二歳だった前田直之に辛《つら》く当たった。

その経緯《いきさつ》もあり、同じ前田の名を冠しながら、前田直作と前田孝貞の仲は悪かった。

「いかがであろうか」

藩主一門への遠慮がある奥村両家、長家なども前田綱紀の江戸城入りには、賛成しないと言った。

「藩のためである」

喜色を消した前田直作が口調を変えた。

「…………」

本多政長が苦い顔をし、他の人持ち組頭たちは前田直作を見つめた。

「よく生き延びられたものだと思わぬか」

前田直作が話を始めた。

「熊本の加藤、安芸の福島、山形の最上、どれだけの外様大名が消えた。次は前田家の番でないといえるか」

「それは……」

奥村時成が詰まった。

「皆、わかっているはずだ。前田家は徳川の敵であると」

「何を言い出すか」

前田孝貞が、咎《とが》めるように口を挟んだ。

「何度、前田家は潰されかかったか、数えてみろ」

冷たい声で前田直作は、前田孝貞へ言い放った。

「まだ大坂に豊臣があったころならばわかる。徳川の天下は成立していたが、まだ確立はしていなかったから。百万石をこえ、三万に近い兵を動員できる前田家は、脅威《きょうい》であった」

前田直作が続けた。

「だが、大坂の陣を経て、豊臣は滅んだ。もうこの日の本に、徳川を脅《おびや》かす者はなくなった。いかに島津、伊達、前田であっても、単独で徳川家にかなうはずはない。島津や伊達を連合させなければ、どうということはない。そのために、家康は、難癖を付けてまで、豊臣を、利害の違う外様大名たちを一つにする柱を切り倒した」

「なにがいいたい」

前田孝貞がいらだった。

「徳川の目的が変わったことに、気づいているかと訊いている。それくらいわからぬのか。他の皆はわかっているぞ」

あきれた顔で前田直作は言った。

「なにっ」

馬鹿にされた前田孝貞が憤った。

「徳川の天下を揺るがすもの。それは金だ」

「……金だと」

前田直作の言葉に、前田孝貞が首をかしげた。

「そうだ。戦《いくさ》はなくなった。となれば武家はどうすればいい」

「主君に忠義を尽くすだけであろう」

「ああ。それは正しい。では忠義を尽くしていれば武士は喰《く》えるのか」

「喰える喰えないなどという問題ではない。武家は忠義を本分としている」

「ならば、禄を返上せい。さすれば、そなたの言い分を認めてやる」

「…………」

前田孝貞が沈黙した。

「できまい。おぬし一人のことならば、どうにでもなるが、家臣や家族にそれを強《し》いるわけにはいくまい」

主家の滅《ほろ》びは、家臣の生活も破壊した。禄が与えられなくなる。だからといって刀を振るうしか能のない武家に田は耕せず、ものを作ることもできず、商いで儲《もう》けることもできない。いきなり明日から食うに困るのだ。

「乱世の主君は、国を守り、拡げるのが任。では、泰平の当主はなにをすべきか。家を続けることだ。そして加賀藩は、その危機に徳川が天下の主である限り、晒《さら》され続ける」

「たしかに」

奥村時成が同意した。

「それはなぜか、どうして加賀は幕府から狙われ続けねばならぬか、わかるか、孝貞」

歳上《としうえ》への敬意を捨てて、前田直作が問うた。

「外様だからだ」

「違う。もう、外様は脅威ではない。すべての外様が手を組んでも、幕府は倒せぬ」

「馬鹿なことを……簡単である」

否定した前田直作を、前田孝貞が笑った。

「島津、毛利、黒田《くろだ》、浅野、伊達、上杉、藤堂《とうどう》、そして加賀が一斉《いっせい》に蜂起《ほうき》すれば、幕府は倒れる」

前田孝貞が述べた。

「蜂起しただけでか。江戸城を攻めることもなく」

前田直作が鼻先で笑った。

「もちろん、江戸へ軍勢を送る」

「どうやって時期を合わせる。薩摩から江戸へ向かうのと、仙台から江戸へ行くのでは、まったく違うぞ。同時に江戸へと考えるならば、最初に薩摩が蜂起せねばなるまい。薩摩が動員できるのはおよそ二万。そのすべてを出したとして、江戸へ無事に着くのは何人だ。途中にある譜代、徳川に媚《こ》びを売る外様を倒さねばならぬのだぞ」

「……………」

ふたたび前田孝貞が沈黙した。

「では、加賀はどうだ。分家もあわせて三万五千ほど出せよう。それで果たして江戸へ着けるのか。越後《えちご》高田《たかだ》、越前福井と左右を徳川の親藩に挟まれているのだぞ、加賀は。それらに押さえを置いて進んだところで、御三家尾張も甲府城もある。無理だ。行き着いても一万も残るまい。それで、江戸城は落とせるか。太閤《たいこう》豊臣秀吉の小田原《おだわら》攻めとは話が違うのだ。あのときは、小田原へ至る道のすべてが太閤秀吉の支配下にあった。だからこそ、あれだけの兵が集められた。今は敵地を勝ち進み、伸びきった補給路を守りながら、兵を江戸へ進めなければならない」

「無理だな」

本多政長が首を振った。

「幕府はもう外様を怖れてはいない」

もう一度前田直作は言った。

「では、なぜ幕府は外様を目の仇《かたき》にする」

言いこめられた前田孝貞が、前田直作へ迫った。

「一つは、同格だったからだ。かつて前田家は徳川家と同じ豊臣五大老であった。そう、家康公と利家公は同僚だった。天下人は唯一のものでなければならない。徳川は一段上でなければならない。かつてとはいえ、同格の家があるのはつごうが悪い」

前田直作が述べた。

「そしてもう一つ。これが主眼だと思う、拙者《せっしゃ》はな」

前置きをして、前田直作が続けた。

「最初に言ったな。金だ。幕府には金がない」

「そんなことはない。幕府は天下を手中にしているのだ。金はあるはずだ」

前田孝貞が反論した。

「ではなぜ、江戸城の天守閣を再建せぬ」

前田直作が問うた。

「それは、太平の世に不要だからだ」

「違う。天守閣は太平の世にこそ要る。天守閣は権の象徴だからだ。もともと天守閣は戦で役に立たぬ。せいぜい望楼《ぼうろう》としての役目くらいであろう。それも城が攻められぬ限り意味がない。そして城下まで敵に押し寄せられたならば、望楼はもう要らぬ。かえって目立つだけに天守閣は、攻撃の目標となりかねぬ」

滔々《とうとう》と前田直作が語った。

「関ヶ原で、徳川は天下人になった。もう、江戸城が攻められることはない。しかし、徳川は、将軍の代替わりごとに天守閣を破棄し、新しい天守閣を建てた。家康さまが作られた天守閣を潰し、それより大きなものを秀忠さまが建てられた。同じことを家光さまもされた。これは、なんのためだ。そうだ。吾が権を誇るためだ。先代よりも、己のほうが偉いのだと見せつけるために、天守閣は作られた。江戸のどこにいても、目に入るのが天守閣だ。これが大きければ大きいほど、徳川の力を見せつける。いわば、江戸城の天守閣は幕府の権威である」

「…………」

一同が傾聴した。

「それが火事で焼けた」

江戸城の天守閣は明暦《めいれき》三年（一六五七）の大火事で焼失していた。

「あれから二十余年にもなる。未《いま》だに再建されないどころか、しないという表明まで出た。これは幕府に金がないからとしか、考えられまい」

前田直作が断じた。

「では、金がないならばどうすればいい。出るを抑えて、入るを図る。倹約して、新田の開発をする。たしかに有効だが、これは結果が出るまで膨大《ぼうだい》な手間《てま》暇《ひま》が要る」

「……あっ」

驚きで前田孝貞が口を開けた。

「気づいたか。そうだ、外様を取り潰し、その領土を天領に組みこむ。これほど即効な手立てはあるまい」

大きく前田直作が首肯した。

「そして、加賀は薩摩と違い、江戸からさして遠くない。薩摩を潰して天領とするより、はるかに有利なのだ。米や金を動かす手間がずいぶん違うからな。ゆえに幕府は、加賀藩を潰そうと何度も手を伸ばしてきた。幸い、今までは初代利長さま以来のお力でどうにかかわせてきたが、いつまで持つかわからぬ。だが、綱紀さまが五代将軍さまとなれば、加賀は安泰となる。将軍の実家を潰せるわけなどないからな」

前田直作の話が終わった。

「それと今回のは話が違う。前田の当主を徳川家の養子に出す。それも大老に脅されたゆえというのは、あまりに情けない。望まれて殿が将軍になられるならまだしも、差し出せというのは、人質に使う言葉であろう」

前田孝貞が、納得できないと抗弁した。

「加賀百年を見ろ」

「臣として恥じることはないのか」

遠祖を等しくする両前田家の論争は、収拾がつかなくなっていった。

「落ち着け、どちらも」

本多政長が割って入った。

「諾否《だくひ》の両論が出た。あとは、一同、家に戻り落ち着いて考えるべきである。近いうちにまた集まってもらうゆえ、今日は散会とする」

頭を冷やせと本多政長が言い、結論を出せなかった会議はしこりだけを残して終わった。

第二章　執政の枷《かせ》

一

大老酒井雅楽頭《うたのかみ》忠清は、老中稲葉美濃守《みののかみ》正則と大久保加賀守忠朝《かがのかみただとも》を、自邸の茶室に招いた。

多忙を極める幕府の執政たちだが、下城時刻は昼八つ（午後二時ごろ）と定められていた。これは、いつまでも執政が仕事をしていれば、他の役人たちが気兼ねで下城できなくなるのを防ぐためと、それぞれの屋敷など、他人の耳目の入らないところで密談をかわすための意味があった。

執政の茶会は参加できる者を限定した密談の場であった。

「けっこうなお点前《てまえ》でございまする」

茶を喫し終わった稲葉美濃守が一礼した。

「見事な高麗茶碗《こうらいぢゃわん》でございますな」

稲葉美濃守が茶碗を褒《ほ》めた。

「千利休《せんのりきゅう》が使っていた道具らしい。藤堂和泉守《いずみのかみ》がくれた」

酒井雅楽頭が答えた。藤堂は伊賀《いが》と伊勢《いせ》で合わせて三十万石を領する外様の大名である。藩祖高虎《たかとら》は関ヶ原以前から家康に近づき、準譜代《じゅんふだい》ともいえる扱いを受けてきていた。

「それは、千金ではききますまい」

大久保加賀守が驚いた。

「売らぬ限り、ただの茶碗であろう。こうやって茶を飲むしかできぬ。これを持っているからといって、家臣を養えるわけでもない」

あっさりと酒井雅楽頭が言った。

「それにこれほどの茶器となれば、名も知られている。売りに出せば、すぐに里が知れる。酒井は金に困っているという悪評とともにな」

「売られなどなさいますまいに」

酒井雅楽頭の述懐に大久保加賀守が首を振った。

「わからぬぞ。五代将軍の擁立《ようりつ》に失敗すれば、執政からおろされるだけではなく、減封、あるいは僻地《へきち》への転封、いや、その両方を喰《く》らいかねぬからな。それこそ、九州や四国へ移されてみよ。参勤交代だけで、どれだけの費用がかかるか。十万石ていどの石高ならば、十年ももつまい」

「……言われるとおりでござる」

苦い顔を大久保加賀守がした。

二代将軍秀忠の側近大久保忠隣《ただちか》の孫にあたる大久保加賀守は、今肥前唐津《ひぜんからつ》の藩主であるが、祖父の代までは小田原藩主であった。祖父が家康の側近であった本多佐渡守《さどのかみ》正信と争って負けたため、江戸に近い小田原から、はるか遠い九州唐津まで追いやられていた。

「政《まつりごと》は勝負なのだ」

己《おのれ》用に茶を点《た》てながら、酒井雅楽頭が言った。

「それも勝ち続けなければならぬ。負ければすべてを奪われるのが執政というもの。老中まであがってきたお主たちだ。それはわかっているな」

「……はい」

「重々」

稲葉美濃守、大久保加賀守の二人が首肯《しゅこう》した。

「ならばよい」

自ら点てた茶に酒井雅楽頭が口を付けた。

「さて、本題に入ろうか」

手にしていた茶碗を酒井雅楽頭が床に置いた。

「加賀から返事はまだない」

酒井雅楽頭が用件を切り出した。

「藩主綱紀《つなのり》は、江戸表《おもて》におりましたな」

稲葉美濃守が確認した。

「国元の意見が統一できておらぬようだ」

「藩主の決定ですませられぬとは、なさけない」

大久保加賀守が首を振った。

「それがよいのだ。藩主の一声で、藩の意見がまとまるような出来物《できぶつ》では、将軍となってから扱いに困ろう。我らの仕事に口出しをされては面倒ではないか」

小さく酒井雅楽頭が笑った。

「たしかに。そのとおりでございますな。将軍家も代を重ねて五人目。そろそろ政から離れていただいてもよろしゅうございましょう」

迎合するように稲葉美濃守が言った。

「鎌倉《かまくら》でさえ三代であったしの」

酒井雅楽頭が加えた。

「天下の政は多岐にわたる。とても一人の将軍では取り扱いかねる。かといって、一部だけを将軍が取り仕切るようでは、不平等とのそしりを避けられぬ。将軍はいっさい政にかかわらず、手慣れた執政たちに預けていただく。これが天下安寧《あんねい》の要」

「将軍の仕事は血筋を残すだけでございますな」

下卑《げび》た笑いを大久保加賀守が浮かべた。

「いや」

表情を引き締めた酒井雅楽頭が首を振った。

「子孫を残してもらわぬほうがよい」

「なんと」

「何を仰《おお》せになる」

大久保加賀守と稲葉美濃守が息を呑《の》んだ。

「……今回の四代将軍家綱さまから五代さまへの継承を考えろ。今まで徳川家は、家康さまから秀忠さま、秀忠さまから家光さま、家光さまから家綱さまと、実子の継承が続いた」

「当然のことではございませぬか」

酒井雅楽頭の真意を測りかねた稲葉美濃守が首をかしげた。

「世継ぎで争いが起こらぬことはなによりでございましょう」

稲葉美濃守が続けた。

「幕府設立のころなら、そうだ。徳川のなかで争うなど、外様《とざま》大名を利するだけだからな。それこそ、天下を巡ってふたたび争いが起こったかも知れぬ。なればこそ、神君家康公は、継承に厳密であられた。吾《わ》が子といえども、体制への乱れとなると思えば、きっぱりと処せられた。松平忠輝《ただてる》さまが良い例だ」

松平忠輝は家康の六男である。仙台伊達藩主伊達政宗の娘を正室にして、越後《えちご》川中島《かわなかじま》七十五万石の太守であった。その忠輝を家康は徳川のなかに組みこまなかった。十一人いた息子も、家康臨終のおりには五人と減っていた。嫡男信康のように家康自ら命を奪った例もあるが、そのほとんどは戦死、あるいは病死であった。生き残った五人の兄弟は、手を組んで二代将軍となった秀忠を守りたてるはずだった。それを家康が潰《つぶ》した。家康はその臨終の枕元に、秀忠、義直《よしなお》、頼宣《よりのぶ》、頼房《よりふさ》の四人を呼んでおきながら、忠輝の伺候《しこう》を許さなかった。また、前述の四人に許した徳川の名乗りを、忠輝には認めなかった。そして、家康の遺言に近い形で、忠輝は所領を奪われ、流罪となった。

「家康さまは、秀忠さま以外に、人々を集める者を残すわけにはいかなかった。だからこそ、死を目前にして大坂の豊臣を滅ぼした。これで、徳川へ牙剝《きばむ》こうとする外様大名たちの御旗がなくなった。外の御旗を破れば、次は内だ。内で徳川家が割れて、大名どもが分かれて争えば、いつ漁夫の利をかすめる者がでないともかぎらぬ」

「それで忠輝さまを」

「他のお三方はなぜ、対象とならなかったのでございましょう」

納得した大久保加賀守に対し、稲葉美濃守が疑問を呈した。

「さすがに全部の兄弟を片付けてしまえば、本家に何かあったときに困ろう。だから、七十五万石という大領を持ち、仙台の伊達政宗と近い忠輝さまを見せしめとされた」

「なるほど」

稲葉美濃守が首肯した。

「おかげで徳川幕府は固まった。外様大名たちは、幕府に逆らうだけの力と、名分となりうる支柱を失った。さらに、天草《あまくさ》の乱できりしたんが、慶安《けいあん》の変で浪人どもが片付いた。もう徳川家を倒そうとする者はいない」

わざと酒井雅楽頭が、間を置いた。

「……いや、天下を乱す者は滅《ほろ》びた」

酒井雅楽頭が言い換えた。

「…………」

「……ごくっ」

その意味するところを気づかないようでは、執政など務まらない。稲葉美濃守が沈黙し、大久保加賀守が唾《つば》を飲んだ。

「…………」

やはり無言となった酒井雅楽頭が、稲葉美濃守と大久保加賀守の顔を見つめた。

「もう不要であろう」

「な、なにをっ」

「それはっ」

酒井雅楽頭の一言に、稲葉美濃守と大久保加賀守が絶句した。

「将軍は要《い》る。それも我らにすべてを任して下さるお心の広いお方がな」

なんともいえない笑いを酒井雅楽頭が浮かべた。

「もちろん、この天下は神君家康公がお作りになったものだ。よって、将軍には家康公の血を引くお方がなるのは当然である。ただ、親子で将軍を受け渡していくのはどうかと思うのだ」

「なぜでござる」

大久保加賀守が問うた。

「血筋の正統さだけでいくと、ふさわしくない者が将軍となりかねぬであろう。父も将軍、祖父も将軍となれば、己もそうなって当然と思いこもう。将軍はすべての武家を統《す》べる。天下の政をおこなう。だが、政のなんたるかも知らぬお方にされては、たまるまい。しかし、本来将軍になれぬ分家筋から出たお方ならば、そうは思うまい。それも執政の推薦となれば、己の幸運さを噛《か》みしめ、感謝の念を持って我らに接してくださるだろう。いや、政を預けてくださるに違いない」

酒井雅楽頭が述べた。

「直系の相続を禁じると」

稲葉美濃守が悟った。

「そうだ。今回はその好機である。上様に直系の男子はない。つまり、徳川の血を引いてさえいれば、誰を持って来ても問題ないであろう」

「しかし、御三家もございまするぞ」

大久保加賀守が、酒井雅楽頭の言いぶんに懸念を表した。

「御三家は将軍家に人なきときのため。そう神君家康公が定められておりまする」

「将軍家に人なきときだけであろう。ご養子という形を取ればすむ。家綱さまのご養子とすれば、将軍家に人なきときという前提は崩れる」

酒井雅楽頭があっさりと告げた。

「それで、急がれたのでございますな」

「そうだ。家綱さまがご存命でなければ、養子はなりたたぬでな」

訊《き》く稲葉美濃守へ、酒井雅楽頭が答えた。

「だけに、あまりながく加賀でもめてもらっては困る。反対している者たちを説得し、それでも聞かぬならば、除かねばなるまい」

酒井雅楽頭が冷たい声を出した。

「伊賀者を使いまするか」

大久保加賀守が問うた。

「いいや。そのようなまねをせずとも、加賀には幕府の手がある」

「本多でございますな」

稲葉美濃守が口にした。

「そうだ。加賀の本多は、幕府が前田家を見張り、潰すために送りこんだもの。三代の間、なにもしてこなかったのだ。そろそろ働いてもらわねばなるまい」

淡々とした口調で酒井雅楽頭が述べた。

「最後に……」

密談はここまでと酒井雅楽頭が宣した。

「前田が使えなかったときの予備も用意してある。貴殿たちは懸念なく政に専念してくれればいい」

「承知」

「わかりましてございまする」

二人が一礼して、茶室から出ていった。

「本多が未《いま》だに使えると考えているようでは、話にならぬな」

一人になった酒井雅楽頭がつぶやいた。

「三日飼えば、犬でも生涯恩を忘れぬと言う。餌《えさ》をくれる者を主人と思うのは当然だ。本多の禄《ろく》を出しているのは加賀ぞ」

新しい茶を点てながら、酒井雅楽頭が独《ひと》りごちた。

「かといって邪魔されるのも面倒だ。それに、そろそろ本多佐渡守《さどのかみ》の亡霊も片付けねばなるまい。少し混乱させるとするか」

酒井雅楽頭が茶を一気に呷《あお》った。


前田綱紀は江戸上屋敷の奥で側室の町《まち》との睦み合いを終えて夜具のうえで横たわっていた。

「殿さま」

綱紀と己の後始末を終えた町が気遣《きづか》わしげな声をかけた。

「なんじゃ」

顔を曲げて、綱紀が町を見た。

「なにかお心をわずらわされることでも」

「気づいたか」

「なにか、いつにまして荒々しくあられたような気がいたしました」

睦み合いである。男の動きは女に全部知られている。

「……そうか」

一瞬、綱紀が鼻白んだ。

「申しわけございませぬ」

愛妾《あいしょう》とはいえ、奉公人でしかない。主《あるじ》の機嫌を損ねて無事ですむはずはなかった。

「気にするな。閨《ねや》にまで悩みを持ちこんだ余《よ》が悪い」

綱紀が首を振った。

「……のう、町」

「なんでございましょう」

呼びかけられて、町が応じた。

「そなた、余の側《そば》にと言われたとき、どうであった」

「殿の側へ召されたときでございまするか」

少しだけ町が考えた。

「取《と》り繕《つくろ》わず、本心を聞かせよ」

嘘《うそ》をつくなと綱紀が念を押した。

「ご無礼はお許しを願いまする」

断りを入れてから、町が言った。

「殿さまより、お側に侍《はべ》るようにとお声をいただいたとき、誇らしゅうございました」

「誇らしかったというか」

「はい。奥に勤めておりまする女中は数多うございまする」

前田家ほどの規模となれば、奥に詰めている女中の数も大奥には及ばないとはいえ、百人をこえる。

「そのなかでわたくしが選ばれた。それは、わたくしの容姿が衆に優れているとの証《あかし》でございまする」

町が告げた。

「なるほどの。たしかに、そなたはひときわ目立っておったわ」

綱紀が納得した。

大名としては珍しく、綱紀は漁色ではなかった。正室として迎えた保科正之の娘を早くに失っていたが、継室を迎えることもなく、側室も町ともう一人という少なさであった。その綱紀から求められた。町が胸を張るのも無理はなかった。

「選ばれし者か……」

「なにか仰せられましたか」

綱紀の独り言に町が反応した。

「そなたをお部屋さまにするのもよいかもな」

そう言って綱紀が、町の手を引いた。

「あれ」

恥じらう声を町があげた。

二

前田家の江戸家老は代々、人持《ひとも》ち組頭《くみがしら》横山家が務めてきた。

横山家は美濃の出であった。初代横山長隆《ながたか》は最初稲葉良通《よしみち》の禄を食《は》んでいたが、家中でもめ事を起こし逐電《ちくでん》、その後金森長近《かなもりながちか》の家臣を経《へ》て前田利家に仕えた。この横山長隆が賤《しず》ヶ岳《たけ》の合戦で戦場を離脱する前田家の殿《しんがり》をつとめて戦死した。柴田勝家《しばたかついえ》についていた前田利家が羽柴秀吉に寝返るという重要な局面で、主君の戦場離脱を支えるため討ち死にした横山長隆の功を前田利家は買った。

前田利家は横山長隆の跡を継いだ長知《ながちか》を重用し、嫡男《ちゃくなん》の利長へつけた。

横山長知は、その信頼に見事に応えた。豊臣秀吉が死んだ直後、謀叛《むほん》の疑いをかけられた前田利長の代わりに、大坂へ出頭した横山長知は家康に面会し、見事その疑念を晴らした。さらに関ヶ原の合戦では、徳川にしたがうことを良しとしない大聖寺城《だいしようじ》代の太田長知《おおたながとも》を討ち取り、前田家を東軍に与《くみ》させた。

家康の信用も得た横山長知は、前田家の重鎮《じゆうちん》としてだけでなく、徳川家へ直接人質を出すなど、直臣に近い扱いを受けていた。

「大叔父御《おおおじご》よ、無理を言わんでくだされ」

前田家江戸家老横山玄位《はるたか》が、旗本五千石横山長次《ながつぐ》へ泣き顔を見せた。

「情けないことを言うな」

若い本家を横山長次が叱《しか》りつけた。

旗本横山長次は、横山長知の次男である。徳川家康への人質として江戸へ送られた後、五千石を与えられて、寄合《よりあい》旗本となっていた。

「なんのために国元へ帰ったのだ。意見を統一するためであろうが」

横山長次が厳しく言った。

国元へ帰って人持ち組頭の集まりに出た横山玄位だったが、在邦中に結論は出ず、長く江戸を離れるわけにもいかず、帰府していた。

「承知いたしておりまするが、なにぶんにもわたくしは若輩。他の人持ち組頭の方々を説得するだけの……」

横山玄位がなさけない声をだした。

「それで横山家の当主と言えるか。よいか、横山家は家祖長隆さま以来、前田家の危機に対応するのが役目。とくに吾が父長知は、前田家が豊臣につくという愚をおかさぬよう、藩主公をお導きした。おかげで前田家は潰されることなく、百万石という大領を幕府より与えられた。いわば、今の前田家があるは、横山のおかげである。他の人持ち組頭のことなど気にせずともよかろう。横山は前田家にとって格別な家柄なのだ。もっと堂々とせぬか」

気弱な横山玄位を、横山長次が鼓舞《こぶ》した。

「そうではございまするが、なにぶん国元では、殿を売るとの批判が大勢を占めておりまして」

「それをどうにかするために、そなたは金沢まで行ったのだぞ」

「申しわけありませぬ」

大叔父の怒声に、横山玄位が首をすくめた。分家とはいえ、長次ははるかに歳上《としうえ》である。さらに陪臣《ばいしん》でしかない本家と違い、石高は少ないとはいえ、分家は旗本なのだ。公式の場では、横山玄位よりも横山長次のほうが上座へつくことになる。横山玄位は、横山長次にまったく頭があがらなかった。

「わかっておるのか」

横山長次が、表情を険しくした。

「このたびのお話は、大老酒井雅楽頭さまから出たのだ。大老のお言葉は、幕府のものと同じ。そう、上様のお下知なのだ。断ることなどできないのだぞ」

「……断れない」

音を立てて横山玄位の顔色が抜けていった。

「そうだ。もう前田家が生き残るには、綱紀公を差し出すしかない」

「…………」

横山玄位が言葉をなくした。

「国元を説得させるときを下さったのは、酒井雅楽頭さまのご温情である。それに気づかぬとは、金沢の者どもは、ものが見えぬにもほどがある」

苦い顔で横山長次が言った。

「もう余裕はない。玄位、おぬし綱紀公に会い、話を決めてこい」

「わたくしの一存でそれを……」

「当たり前だ。横山家にはその資格がある。急がねば、幕府の咎《とが》めを受けかねぬぞ」

「お咎めを受けると」

おずおずと横山玄位が問うた。

「そうだ。幕府が外様に下す罰といえば、決まっている。減封、転封、改易。前田家がどの罰を与えられるかは知らぬが、無事ではすまぬ。先ほども申したように、前田家の危機に力を出すのが横山である。もし、前田家に傷が付けば、玄位、そなたは先祖へ顔向けができぬぞ」

横山長次が脅《おど》した。

「し、承知いたしましてございまする。早速《さっそく》殿にお目通りを願い、ご決断をいただくこととといたしまする」

「うむ。急げよ」

言うだけ言って、横山長次が帰っていった。


翌朝、横山玄位は綱紀に面会を求めた。

「江戸家老、横山玄位がお目通りをと願っておりまする」

側用人《そばようにん》が用件を綱紀に取り次いだ。

「玄位が……そういえば、昨日、横山の分家が来ていたの」

綱紀が思い出した。

　重臣の一門が、藩邸を訪ねたときは、藩主に挨拶《あいさつ》をするのが慣例となっている。直接会わなくとも、相応の品を挨拶として差し出すため、藩主に来邸は知らされた。

「はい。お見えでございました」

　側用人が首肯した。

「そのかされたな」

　綱紀が予想した。

「……………」

　加賀において人持ち組頭七家は格別な扱いを受ける。藩主側近の側用人といえども、これを非難するような言動は避けるべきであった。それがたとえ藩主の口から出たものであっても、同意はできなかった。

「会わぬというわけにもいくまい。通せ」

「はっ」

　側用人が綱紀の許可を得て、横山玄位を謁見《えっけん》の間《ま》へ案内した。

「殿におかれましては、ご機嫌うるわしく、恐悦至極《きょうえつしごく》に存じまする」

　謁見の間下段中央で横山玄位が平伏した。

「おぬしも元気そうでなによりである」

人持ち組頭七家の当主に対しては、藩主でも粗雑な扱いはできなかった。綱紀は親しげな挨拶を返した。

「で、今日はなんじゃ」

綱紀が横山玄位を促《うなが》した。

主君の許可なく、家臣は用件を切り出せなかった。

「お他人《ひと》払いをお願いいたしまする」

横山玄位が願った。

「一同、遠慮せい」

手を振って綱紀が他人払いをした。

「かたじけのうございまする」

礼を言った横山玄位が続けた。

「殿、酒井雅楽頭さまからのお話でございまするが、お受けになられますよう」

緊張しながら横山玄位が述べた。

「余に、前田家を離れ、徳川へ行けと申すか」

穏やかな表情で、綱紀が確認した。

「それが前田家のためだというのならば、余に異論はない。だが、将来に禍根《かこん》を残すようならば首肯できぬぞ」

「……はい」

横山玄位が口籠《くちご》もった。

「七家の意見は統一できたのであろうな」

「…………」

訊かれた横山玄位が沈黙した。

「なんのために国元へ行ってきたのだ」

綱紀があきれた。

「申しわけございませぬ」

横山玄位が詫《わ》びた。

「詳細を話せ」

「前田直作《なおなり》どのだけがご賛成で、長どの、奥村本家、分家、前田孝貞《たかさだ》どのが反対、本多政長どのは沈黙しております る」

命じられて横山玄位が国元の状況を語った。

「本多は黙っているか」

聞いた綱紀がつぶやいた。

「殿……幕府へどうご返事なされまするか」

横山玄位が返答を求めた。

「そう簡単に決められるものでもなかろう」

「しかし……」

返事を先延ばしにする綱紀に、横山玄位がすがった。

「……藩を潰す気か」

綱紀の口調が冷えた。

「な、なにを……」

横山玄位が驚愕《きょうがく》した。

「少しは考えよ。余が徳川へ養子にいく、いかないにかかわらず、国元で騒動が起これば、幕府が黙っていると思うか。まず、余の養子話は消え、お家騒動を口実に前田家は潰されよう」

「そのようなことはございませぬ。ご大老さまが主導なされておられるのでございまする。かならずや前田家をお守りくださいましょう」

強く横山玄位が否定した。

「その保証をそなたは雅楽頭さまから直接受けたか。まったく、本家が分家に踊らされてどうする」

　綱紀があきれた。

「…………」

「ことがことなのだ。行くか断るか、どちらにせよ、家中の意見はまとめておかねばならぬ」

　難しい顔で綱紀が述べた。

「まとまりませぬ」

　横山玄位が首を振った。

「国元の者どもは頑迷《がんめい》で……」

「最初からあきらめていては政などできぬぞ。そなたの曾祖父、横山長知は、前田家が謀叛を疑われたとき、たった一人で家康公のもとへ行き、ことを治めてきた。おぬしには、その血が流れているのだぞ」

　綱紀が叱咤《しった》激励した。

「曾祖父には……勝てませぬ」

　うつむきながら横山玄位が否定した。

「……下がってよい」

嘆息して綱紀が言った。

「殿、ご返事は」

「答えを出せる状況ではないわ」

まだ言いつのる横山玄位に、綱紀が不快な表情をした。

「……ご無礼をいたしまする」

とりつくしまもない綱紀に、横山玄位があきらめた。

「幕府の狙いは、前田家の力を削《そ》ぐこと。そのくらいのことが理解できぬか」

横山玄位の姿がなくなった謁見の間で、綱紀が独りごちた。

「戦国は遠くなった。生きるために死力を尽くし、知恵を絞らなければならなかった先祖たちの日々はな、子孫たちに泰平をもたらしたが、その代わりに怠惰《たいだ》を生んだ」

綱紀が嘆息した。

「騒動の芽は摘《つ》むしかないな。誰かある」

手を叩《たた》いて綱紀が呼んだ。

「はっ」

次の間に控えていた側用人が、謁見の間へ戻ってきた。

「国元へ使いを出せ。前田直作を江戸へ寄こすようにと」

「前田直作どのを江戸へ。となりまするると御上への届け出が要りまするが」

側用人が指摘した。

「芳春院《ほうしゅんいん》さま年忌《ねんき》法要の準備とでもしておけ」

綱紀が指示した。

芳春院とは、藩祖前田利家の妻、まつのことだ。前田家当主にとっても、分家である前田直作にとっても格別の相手であった。前田家が謀叛を疑われたとき、自ら江戸へ人質として出むき、前田家を徳川に届せさせる第一歩を印《しる》しただけに、幕府もおろそかにできなかった。

「迎えの者はいかがいたしましょうか」

「不要である。直作とて家臣はおろう」

「仰せの通りに。そのように手配をいたしまする」

側用人が、立ち去ろうとした。

「待て。国元は反対する者が多いと横山が言っていたな。前田直作に申せ。一人、腕の立つ藩士を同道してよいと」

「よろしゅうございますので」

藩主の言葉がなにを意味するか、推測できないようでは側近とはいえない。側用人が懸念を表した。

「藩命で国元の藩士を巻きこむことになりまするが」

「……わかっている。だが、このまま国元に直作を置いておくわけにもいくまい。もし、直作が害されるようなことになれば、幕府は確実に介入してくるぞ。表沙汰《おもてざた》にしない代わりに、余を養子に出せというか、あるいはお家騒動を理由に加賀藩を取り潰すか。いや、潰しはすまい。百万石をこえるからな。浪人するものの数も、万ではきかぬ。慶安の役からまだそうときは経《た》っていない。大量に浪人を生み出すのを幕府もよしとはすまい」

「では、どのような」

「能登《のと》を取りあげられよう」

「……それは」

側用人が息を呑んだ。

前田家の所領は、加賀と能登の二国である。能登はもともと豊臣秀吉から、前田直作の先祖前田利次《としつぐ》に与えられていたが、関ヶ原で西軍に付いたため改易され、それを前田綱紀の曾祖父利長が褒賞《ほうしょう》として得た。石高は二十二万石あまりと、加賀に比べると少ないが、実高以上のうまみがあった。

「湊《みなと》を失うわけにはいかぬ」

綱紀が言った。

能登は日本海に突き出た半島である。そう、海運の要なのだ。とくに大坂で荷を積み、秋田や蝦夷《えぞ》へ運ぶ北前船にとっては重要な寄港地であった。能登は海運で栄えているといってもいい。その揚がりは藩を潤《うるお》わせるだけでなく、加賀の特産品である漆《うるし》や金箔《きんぱく》工芸品などを大坂や江戸へ送れるのだ。他藩の湊を使うとなれば、金もかかるし、なにかと気も遣《つか》わなければならない。なにより優先してもらえない。どこでもそうだが、自藩の物産品を輸送するのを主眼としている。風待ちなどで、時期をまちがえば何日も到着が遅くなるどころか、下手をすれば遭難しかねない。

「輪島《わじま》の秘密を知られては、藩がもたぬ」

「…………」

沈黙することで側用人も同意を表した。

「清《しん》との抜け荷を表沙汰にされれば、前田家は潰れる」

「……まさか」

「知っているだろうよ、幕府は。加賀だけではない、薩摩《さつま》も福岡も、伊達も南部《なんぶ》も抜け荷をしているとな」

「ではなぜ咎めを」

「どれも大藩だからな。潰すといわれて大人《おとな》しく藩主を差し出し、城を明け渡すはずなどない。籠城《ろうじょう》するか、あるいは国境《くにざかい》で待ち構えるか、確実に戦《いくさ》が起こる。我が前田家でもそうであろう」

「はい」

確認を求められた側用人が首肯した。

「幕府に戦をするだけの金がない。戦ほど金を遣うものはないからな。ゆえに見て見ぬ振りをしている。もし、今回、余が将軍になっても、人質なのだ。いずれ、時期を見て、将軍家の実家が能登のような田舎《いなか》ではよくないと、越後高田か川中島あたりに替え地を与えることで、取りあげにかかるだろう。形だけでも褒賞とみせかけねばならぬゆえ、三十万石ほど与えるようにしてな」

「そこまでして、能登を取りあげ、前田を潰したいのでございますか、幕府は」

「違うだろうな」

小さく綱紀が首を振った。

「……ではなぜ」

「推測でしかない。口にするには証《あかし》がなさすぎる」

「失礼をいたしました」

主君が首を振った以上、そこで話を収めなければならない。側用人は一礼して、手配のために出て行った。

「酒井雅楽頭は、余を加賀から離して、なにをしようというのだ」

一人残った綱紀が、つぶやいた。

三

前田直作は、己の立場をよく理解していた。

藩のほとんどを敵に回しているのだ。それこそ、いつ刺客が現れてもおかしくない。現実、先夜は危なかった。二人腕の立つ家臣を連れていたが、不意を討たれて、家臣一人を失っただけでなく、危うく直作も殺されかかった。藩の重臣たちを訪れて、説得しようとしている直作である。当然、密談になる。できるだけ目立たぬように相手を訪れなければならないのに、護衛を大勢引き連れていかなければならなくては本末転倒である。他人目《ひとめ》につくから、会いたくないと断ってくる者も多い。だが、少人数で出かければ襲われる。

「ときがない。大老はいつまでも待ってくれぬ」

前田直作は焦《あせ》っていた。

「なぜ、わからんのだ」

頑《かたく》なに反対する重臣たちに前田直作はあきれていた。

「もう、対立する時代ではない」

城からさほど離れていない屋敷で、前田直作は一人不満を漏《も》らしていた。

「殿」

「弾正《だんじょう》か、入れ」

声に前田直作が応じた。

「本日お約束の原田《はらだ》さまより、あまり多人数でのお出《い》ではご遠慮いただきたいと」

気まずそうな顔で用人の土屋《つちや》弾正が告げた。

「できればお一人でのお出でを願うとのことでございまする」

「そうか。儂《わし》に死ねと言うのだな」

前田直作が苦笑した。

藩内での争闘である。それも一方が面体《めんてい》を覆面に包んでの襲撃だったのだ。先夜の一件は、町奉行あるいは横目付《よこめつけ》の手で徹底して探索がなされてしかるべきであった。

にもかかわらず、なにもなかったことにされ、死体はどこへ行ったかさえもわからないありさまであった。

「中老も敵か」

「…………」

嘆息する前田直作に、弾正が沈黙した。

「もうお止《や》め下さいませ」

弾正が平伏した。

「殿お一人が、命をおかけになられることはございませぬ」

「すまぬな」

前田直作が礼を言った。

「代々仕えてくれている、そなたたちにも肩身の狭い思いをさせている」

「畏《おそ》れ多い」

軽くとはいえ頭を下げた主君に、弾正が恐縮した。

「なれど、やらねばならぬ」

はっきりと前田直作が告げた。

「藩が潰れてしまう」

危機を前田直作は口にした。

「そのためならば、命を惜しむものではない。もっとも無駄死《むだじ》にはしたくないがな」

「……殿」

なんともいえない表情で、弾正が主を見あげた。

「明日の予定となっている組頭五木《いつき》は、変わりないな」

「はい。今のところは」

弾正がうなずいた。

「では、今宵《こよい》は大人《おとな》しくしている」

「はい」

出歩かないと宣した主君に、ほっとして弾正が襖《ふすま》を閉めた。


「少し出てくる」

主君の前を下がった弾正は、そのまま屋敷を出た。

城下の道は入り組んでいる。住み慣れていても、まちがうことも多い。しかし、弾正は迷うことなく、進んだ。

「御免《ごめん》くださいませ」

弾正は水路の上にかけられた個人用の橋を渡って、一軒の屋敷の門の前に立ち、訪いを入れた。

「どちらさまでございましょう」

潜《くぐ》り戸《ど》の小窓が開いて、なかから誰何《すいか》の声がかかった。

「前田直作の家臣、土屋弾正と申しまする。ご当主さまはご在宅でいらっしゃいましょうか」

弾正が名乗った。

「しばし、お待ちを」

門番が小窓を閉めた。

「お目にかかりまする。どうぞ」

屋敷の大門が開けられた。

武家屋敷の門は、城の大手門と同じ扱いを受ける。開かれるのは、主君の来訪、当主とその一族の出入り、そして格上の来客ていどである。陪臣でしかない土屋弾正のために開かれたのは、藩主一門である前田直作への気遣いであった。

「ここでしばらくお待ちくださいませ」

玄関から弾正は客間へ通された。

客間は、来客を待たせている間も退屈しないよう、庭に面していた。

金沢の武家は庭造りを好んだ。これは二代藩主利常が、京の宮家で桂離宮《かつらりきゅう》の庭を造った八条宮智仁《はちじょうのみやさとひと》と縁戚《いんせき》であった影響である。智仁親王と親交した利常は、その伝手《つて》を頼って京の数寄人、茶人を金沢へ招き、その文化を城下へともたらせた。藩主が数寄を好めば、家臣たちも倣《なら》う。こうして加賀藩士たちの間に庭造りが流行《はや》った。

瀬能《せのう》家の庭も小さいながら泉水と築山《つきやま》に見立てた岩を中心として、松や楓《かえで》などを配置した凝《こ》ったものであった。

「なかなかに立派な庭だな」

前田家は豊臣秀吉の五大老の一人として政に携《たずさ》わっていた歴史もあり、京との関係も深い。茶の湯や庭造りへの造詣《ぞうけい》を持つ家臣が多かった。

「さすがに千石取るだけのことはある」

「祖父の趣味であったのだ。庭は」

庭を見ていた弾正に、客間へ入ってきた若い武家が告げた。

「これはご無礼を」

独り言を聞かれた弾正が、あわてて詫びた。

「いや、褒めていただいたのだ。亡祖父も喜んでおりましょう。あいにく父も拙者《せっしゃ》も庭は不得手で、手入れが不十分となっておりまするが」

　若い武家が手を振った。

「さて、お待たせをいたしました。瀬能数馬《かずま》でござる」

　手を膝《ひざ》において、数馬が名乗った。

「前田家家臣土屋弾正でございまする」

　親子ほどに歳《とし》の違う数馬へ、弾正がていねいに挨拶を返した。

「先日は、主のお命をお救いいただきありがとうございました」

　弾正が手を突いて礼を言った。

「名乗りはしなかったと思いまするが、よくわたくしだとおわかりになりましたな」

　素直に数馬が疑問を口にした。

　後難に巻きこまれるのを嫌った数馬は、わざと名乗らずに消えた。だが、あっさりと身許は知られた。

「お身につけておられた羽織《はおり》の紋を供《とも》が覚えておりました。あとは、年齢と剣の腕が立つとの評判をたぐれば……」

　あっさりと弾正が種明かしをした。

「紋でございまするか」

数馬は嘆息した。

浪人や名字も名乗れないような小者、中間《ちゅうげん》の類《たぐい》ならばまだしも、武家の外出に羽織は義務であった。

「そこまで気が回りませなんだ。前田さまに、名乗らなかった非礼を詫びていたとお伝えくださいませ」

格上の相手から名を問われて、拒んだのだ。武家の礼儀からいけば非難されて当然であった。

「はい。かならずお伝えいたしまする」

弾正がうなずいた。

「かたじけない」

一礼して数馬は、表情を引き締めた。

「ご用件をおうかがいしたい」

「主にご同道を願いたいのでございまする」

「前田さまと同道せよと」

数馬が聞き直した。

「はい。主が今どのような立場にあるかは、ご存じと思いまする」

「噂《うわさ》ていどでございますが」

　確認する弾正に、数馬はうなずいた。

「供を連れずに来いと仰せになる方が多いのでございまする」

「……それは」

　数馬は驚いた。

「そこに落とし穴があるから、落ちてくれと」

「はい」

　たとえる数馬に、暗い表情で弾正が首肯した。

「それはあまりに卑怯《ひきよう》な」

　数馬は憤慨《ふんがい》した。

「それでも主は、出歩くのをお控えくださいませぬ」

「…………」

「お願いいたしまする。主に同行をしていただきますよう」

　弾正が平伏した。供を連れて来るなとは言っているが、藩士の同行を拒んではいない。そこを弾正は利用しようとしていた。

「拙者に、前田さまの意見に従えと。殿を幕府に売る手伝いをせよと」

主君の身を案じる家臣の姿に、怒声をあげはしなかったが、数馬は頬《ほお》をゆがめた。

「いえ。主と同道していただきまするが、ご意見は変えていただかなくともけっこうでございまする」

あわてて弾正が首を振った。

「相手のお屋敷には、主だけが入りまする。瀬能さまは、外でお待ちくだされば」

「……だが、世間は拙者が前田さまに同心したと考えまするぞ」

数馬が追及した。

「…………」

弾正が言葉を失った。本人の意見より、どう見えるかが問題であった。

「申しわけありませぬ。無理を申しあげました。失礼をいたしまする」

力なく頭《こうべ》を垂《た》れて、弾正が辞去を告げた。

「御免くださいませ」

「一つ聞かせていただきたい」

玄関先でもう一度非礼を詫びようとする弾正を、数馬は引き留めた。

「なんでございましょう」

弾正が背筋を伸ばした。

「なぜ前田さまは、そこまでして殿を将軍になさろうとされておられるのでございましょう。功績をもって、独立した大名家におとり立ていただこうとお考えなのか」

藩内で孤立し、命まで狙われているにもかかわらず、前田直作が説得を続けようとする意味が、数馬にはわからなかった。

「それが前田利次公以来の伝統だからでございまする」

「利次公以来の伝統とは」

重ねて数馬は訊いた。

「それにつきましては、お話しすることができませぬ。主にお訊きくださいますようお願いいいたしまする。では」

答えを拒んで、弾正が出て行った。

「伝統……」

「なに難しい顔をしている」

一人座敷に残って考えている数馬に、父数臣《かずおみ》が声を掛けた。

「父上……」

数馬は思考の海から復帰した。

数臣は二年前、数馬に家督《かとく》を譲って隠居した。どこか身体《からだ》が悪いというわけではなく、ただ茶の湯を楽しみたいという理由だった。

「前田直作どののご家中だそうだな」

家士から聞いたのだろう。数臣は弾正の素性を知っていた。

「直作どのに同心しているのか」

数臣の声が厳しくなった。

「藩主公を将軍として、旗本になりたいなどと考えているのではあるまいな」

「とんでもないことでございます。わたくしは加賀で生まれ育ちましてございます。そのような気はございませぬ」

強く数馬は否定した。

「瀬能家は、加賀に溶け込めていない。もと幕臣という出自《しゅつじ》が邪魔をしている。その辛《つら》さは、儂もよく知っている」

優しい口調にもどって数臣が述べた。

「数馬にも美津《みつ》にも縁談がないのがそれを表している」

美津は数馬の妹である。今年で十九歳になっていた。武家の娘ならば、とうに嫁に行き、子供の一人や二人あってもおかしくはなかった。

「人は出を選べない。瀬能の家に生まれたのは哀れと思うが、安易な考えに走るなよ。当主の仕事は、先祖が得た禄を次代へ譲ることだ。決して出世ではない」

「心に刻みまする」

数馬が軽く頭を下げた。

「では、あまり遅くならぬようにな」

悩むなと言って、数臣が背を向けた。

「ただし、己を売るな。武家として正しいと思えば、遠慮は要らぬ。儂と妻、美津の三人くらいならば、どうにでも生きていける」

そう言い残して数臣が客間を出て行った。

「武家として正しい……」

数馬は父の口から出た武家と、かつて前田直作から問われた武家の違いをおぼろげながら感じていた。

四

翌日、夜のとばりが降りるのを待って、前田家の脇門が開いた。万石をこえる前田家の屋敷門は、江戸の大名屋敷に匹敵する格と規模を持つ。表門も大門、潜《くぐ》り門《もん》のほかに脇門を備えていた。脇門は家臣たちの出入りする潜り門と違い、当主のお忍びや家中重臣の出入りに使われるもので、潜り門のように頭を下げ、腰を屈《かが》めて出入りしなくてすんだ。

「五木の屋敷は、城を挟んで反対側か」

「お駕籠《かご》をお遣いにならずともよろしゅうございますので」

供をする家臣の一人が訊いた。

「駕籠は要らぬ。駕籠では咄嗟《とっさ》の対応ができまい。いきなり外から槍《やり》で突かれるなど御免だ」

前田直作が首を振った。

「お帰りはかなり遅くなりまするが、夜食などはいかがいたしましょう」

「かまわぬ。翌朝になるやも知れぬ。これもお家のためだ」

気遣う家臣に、前田直作が応えた。

「さあ、急ごう」

「お先を御免」

家臣の一人が先に立った。続いて前田直作、そして後ろに二人の家臣が付いた。

前田直作は一万二千石を与えられている。軍役に照らし合わせると二百五十人ほどの兵を持つ。といっても戦国から五十年をこえて、軍役も緩やかになり、抱えている家臣も二百人を割っている。命を狙われているのだ。もっと多くの家臣を引き連れることはできる。しかし、前田直作は、他人目をはばかる相手の求めに応じて少人数で出かけた。

「しばし、待て」

一刻《いっとき》（約二時間）ほど歩いた前田直作は、大きな武家屋敷の前で二人の家臣を待たせ、一人だけを連れてなかへ入っていった。

「大事ないか」

残された家臣の一人が不安そうな声を出した。

「落ち着け。大丈夫だ」

歳嵩《としかさ》の家臣が、若い同僚を宥《なだ》めた。

「屋敷のなかで殿を害してみろ。五木さまも終わりだ。いかに大義名分を掲げようとも、ご一門をだまし討ちにしたことには違いない。大殿さまがお許しにならぬ」

藩主一門である前田直作の家臣たちは、綱紀のことを大殿と称していた。

「ならいいが」

まだ心細いのか、若い家臣が周囲へ目をやった。

「先夜の二の舞だけは、避けねばならぬ」

緊張した口調で歳嵩の家臣も警戒した。

「おい」

近づいてくる影に気づいた歳嵩の家臣が若い家臣に注意を促した。

「……まさか」

若い家臣が、柄に手をかけた。

「抜くな。斎藤《さいとう》。相手に口実を与えることになる」

歳嵩の家臣が、若い家臣を制した。

「他家の門前で、夜分になにをしている」

影の一人が二人を詰問《きつもん》した。

「主を待っておりまする。貴殿たちは」

答えた歳嵩の家臣が、誰何した。

「昨今、城下を騒がす不逞《ふてい》の輩《やから》がおると聞いてな。有志で城下の安寧を守るために巡回しておる」

先頭にいた中年ほどの藩士が胸を張った。

「それはご苦労さまでございますな」

歳嵩の家臣が、褒めた。

「ゆえに、問う。おぬしたちは何者だ」

中年の藩士が、質問した。

「誰何なさる貴殿はどなたでござろう。横目付《よこめつけ》さまとも町奉行のお方とも思えませぬが」

歳嵩の家臣が逆に訊いた。

「拙者は定番頭《じょうばんがしら》の猪野兵庫《ひょうご》。この者たちは吾が配下である定番徒《じょうばんかち》である」

中年の藩士が名乗りをあげた。

定番とは、その名のとおり、常設されている徒組《かちぐみ》のことだ。お目見《めみ》えのできない徒五十名に一人の頭がつき、普段は城中の警固《けいご》を担《にな》い、戦時ではさらに足軽を組み入れた一手を形成する。定番頭はお目見えのできる藩士のなかでも格の高い物頭《ものがしら》であり、寺社奉行や若年寄へ出世していくこともできた。そして寺社奉行や若年寄になれば、藩士としての格を一つあげられる。格式に厳格な加賀藩において、一つでも上にのぼるというのはなかなかに難しい。その代わり上がれば、今までとはすべてが変わった。

「これは御無礼をいたしました。我らは、前田直作が家臣でござる。主が当家を訪問中でござれば」

「なに、奸佞《かんねい》の元凶ではないか」

右後ろに控えていた背の高い定番が大声をあげた。

「奸佞の元凶とは、聞き捨てなりませぬ。お取り消し願おう」

斎藤が怒った。

「事実ではないか。主君を幕府に渡そうなど、奸佞以外のなんだと言うか」

左後ろにいた太《ふと》り肉《じし》の定番がさらに大声を出して挑発した。

「よせ、斎藤」

「しかし、定岡氏《さだおかうじ》。主君を悪《あ》し様《ざま》に罵《ののし》られて、黙っておられませぬ」

抑えようとした歳嵩の家臣に斎藤が突っかかった。主君の恥は家臣の恥である。主君の恥を雪《そそ》ぐために命を投げ出すのは、家臣の責務でもあった。

「立派な心がけだの。直作風《ふ》情《ぜい》には惜しい。どうだ、儂に仕えぬか」

猪野が誘った。

「無礼を言うな。忠臣は二君に事《つか》えずぞ」

斎藤が言い返した。

「君君《きみきみ》たらずとも、臣臣《しんしん》たらざるべからずか」

背の高い定番が笑った。

「主君に対する悪口雑言《あっこうぞうごん》、許さぬ」

ついに斎藤の我慢が切れた。斎藤が太刀を抜いた。

「いかん、止《や》めよ。斎藤」

定岡の慰留も遅かった。

「抜いたぞ。こやつらこそ、不逞の輩と決まった。一同、油断するな」

猪野が太刀を構えた。

「おう」

「わかり申した」

太り肉の定番も、背の高い定番も応じた。

「はめられたか」

ここにいたってはいたしかたないと定岡も太刀を鞘走《さやばし》らせた。

「こやつめ」

背の高い定番が、斬りかかった。

「なにを」

斎藤が受けた。

闇に火花が散った。

鋭利な日本刀は極限までその刃を研《と》ぐことで、切れ味を生み出している。その分、刃は薄くなっており、ぶつかるだけで簡単に欠けた。飛び散った火花は、その刃の欠片である。

「熱っ」

火花を顔に浴びた背の高い定番がうめいた。

「このお」

鍔《つば》迫《ぜ》り合《あ》いになった斎藤が、背の高い定番を押した。

「来るか」

背の高い定番も押し返した。

鍔迫り合いで押し負ければ、待っているのは死である。すでに両者の間合いはないに等しく、刃を避けることはできなかった。ために、二人は己の持てる力すべてを使って、相手を押しこもうとする。

「くそっ」

背の高い定番が押された。

「助太刀するぞ、畑中《はたなか》」

太り肉の定番が近づこうとした。

「させぬわ」

太刀を突き出して定岡が邪魔に入った。

鍔迫り合いをしている二人は均衡《きんこう》を保つのに必死であり、第三者からの攻撃に対処できる状態ではない。もし、ここで太り肉の定番を近づけさせれば、斎藤は殺される。

「やるか、こいつ」

太刀を青眼《せいがん》にかまえた太り肉の定番が足を止めた。

「退かれよ。家中での争闘、どちらも無事ではすみませぬぞ」

油断なく身構えながら、定岡が提案した。

「我らは不逞の輩を成敗するだけよ。横目も認める。そして我らは、売国の輩を討った忠臣となり、吾は人持ち組に、こやつらはお目見え格となる」

猪野が言い放った。

「横目も敵か……」

定岡が唇《くちびる》を噛《か》んだ。

「ということでな、おぬしたちの主君を刃《やいば》で歓迎せねばならぬ。さっさとすまさせていただこうか」

ゆっくりと太刀を振りあげながら、猪野が斎藤へと迫った。

「据《す》えもの斬《ぎ》りか」

独特の構えから定岡が見抜いた。

据えもの斬りとは、その名のとおり据え置いたものを一刀両断する刀法のことである。別名試し斬りともいわれ、腕のある者が放つ全体重をのせた一撃は、兜《かぶと》を両断するほどの威力を出した。

「そのまま押さえていろ、畑中」

猪野が命じた。

「承知」

一層《いっそう》力をこめて、畑中が斎藤を押した。

「……っつう」

斎藤の顔色がなくなった。

「卑怯な」

太り肉の定番と対峙《たいじ》している定岡は動けなかった。

「主君運がなかったとあきらめろ」

一間半（約二・七メートル）まで近づいたところで、猪野が腰を落とした。

「定岡氏」

泣きそうな声を斎藤があげた。

「……すまん」

定岡が詫びた。

「りゅあああ……ぎゃっ」

気合いをあげて、太刀を落とそうとした猪野が、額を押さえて苦鳴を発した。

「猪野さま、いかがなされた」

太り肉の定番の注意がそれた。

「おう」

すでに間合いは十分であった。大きく踏みこんだ定岡が斬りかかった。

「うおっ」

気づいた太り肉の定番が避けようとしたが、間に合わず、左肩を斬られた。

「ちい。滑《すべ》ったか」

定岡が苦い顔をした。

人の身体には骨がある。骨は丸く、まっすぐに刃筋を整えてでないと切れないだけでなく、滑ってしまい、傷口が浅くなる。

「こいつめ」

痛みに怒った太り肉の定番が定岡へ向かった。

「何やつだ」

額を押さえたままで、猪野が叫んだ。

「数を頼んでの斬り合いは、見逃せぬ」

暗闇から、返答があった。

「顔を見せろ。我らは、定番組である」

振り返った猪野が、切っ先で暗闇を指した。

「…………」

月明かりのもとへ顔を出したのは、数馬であった。

「定番組といえば家中でも名士。それが、夜盗のようなまねはいかがか」

五間（約九メートル）離れたところで、数馬は足を止めた。

「誰だ」

「瀬能数馬」

太刀の柄に手もかけず、数馬は名乗った。

「瀬能……あの瀬能か」

「あのかどうかは知らぬが、城下に瀬能という家は一つしかない」

数馬は返した。

「拙者が誰であるかより、夜中、白刃を抜かれるのはどうかと思うが」

「先に抜いたのは、あちらだ」

猪野が言い返した。

「そう仕向けたようにしか見えませんでしたぞ」

ゆっくりと数馬が足を前に出した。

「……いつから見ていた」

低い声で猪野が質問した。

「最初から、いや、その前から」

数馬が答えた。

「横目付に話をいたすことになりましょう」

「面倒になりそうでござるな」

畑中が数馬を睨《にら》みつけた。

「……猪野さま」

もう一人の定番が問いかけた。

「横目は仲間だ」

猪野が言った。

「それも聞かせていただいた」

あっさりと数馬が告げた。

「だが、横目付は恣意《しい》をおこなえませぬ。おこなえば、その報いは己に返りまする。殿がお許しにはなられませぬぞ」

「殿に知られるはずなどない」

強く猪野が否定した。

「絶対大丈夫という保証などどこにもございますまい」

数馬がその上から否定を重ねた。

「ならば全員の口を封じればすむ」

猪野が殺気をあふれさせた。

「……くっ」

定岡がうめいた。

「おのれ……」

押さえられている斎藤が呪詛《じゅそ》を吐《は》いた。

「おかしいと思われませぬか」

殺気をものともせず、数馬は言った。

「……なにがだ」

猪野が先を促した。

「これだけ騒いでいるのに、近隣の誰も顔を出しておりませぬな」

数馬が周囲を見回した。

「それがどうした」

釣られて猪野も目を動かした。

「武家は非常に備えるもの。近隣で騒ぎがあれば、確認するのが当然」

建前とはいえ、家の前で騒動があったのに知らん顔をしていたとなれば、世間の目がうるさくなる。

「出てきていないではないか。皆、わかっているのだ。我らが正義だと」

猪野が胸を張った。

「かも知れませぬ。ですが、貴殿らの味方とは限りませぬ」

「なにを言うか。家中あげて同心している」

数馬の言い様に猪野が食ってかかった。

「けっこうなこととは存じまする。割れていた意見が統一されているならば。では、お聞かせいただきたい。このまま前田直作どのを討ち取ったとして、その功績はどなたのものに」

「それは我らの……」

「功績か、それが」

言おうとした猪野を口調を変えた数馬が抑えた。

「前田直作さまは、ご一門である。たとえ殿を幕府へ売るようなまねをしたとしてだ、それを罰することができるのは、殿だけ。勝手に藩祖に繋《つな》がる一門を殺して、手柄でございと誇らしげな顔をされて、殿がどうお感じになるか」

「……我らの忠義をお認めくださるはず」

「浅はかな……」

堂々と宣した猪野を、数馬は哀れみの眼差《まなざ》しで見た。

「どういうことだ」

猪野が気色ばんだ。

「殿のお許しもなく一門に手を出す。そのような輩、いつ吾《われ》に牙剝くかもわからぬ。

そう思われるはずぞ」

「ぐっ……」

言われた猪野が絶句した。

「おぬしたちは独断で動いているわけではなかろう。かならず後ろに名のある御仁がおられよう。そのお方の庇護《ひご》を期待していたとすれば、それも甘い。殿の恨《うら》み、あるいは猜疑《さいぎ》を買えば、藩での立場など砂上の楼閣《ろうかく》」

「…………」

「猪野さまっ」

「どうなされる」

猪野が沈黙し、畑中が焦り、もう一人が問うた。

「今ならば、なかったことにできる」

数馬が駄目を押した。

「誰も死んではいない。一人傷ついてはいるが、そのていどならば、ごまかせよう。剣の稽古《けいこ》に熱が入ったとでもすればいい」

「剣の稽古か」

「うむ」

念を押すように言った猪野へ、数馬がうなずいた。

「刀をしまえ」

猪野が太刀を鞘へ戻した。

「よろしゅうございますので」

斎藤を押さえている畑山が訊いた。

「鞘へ戻したとたん、斬られるのでは」

つい今まで殺し合っていたのだ。いたぶっていたと言われてもおかしくない状況でもあった。

「そのようなまねはせぬ」

斎藤が憤慨《ふんがい》した。

「だそうだが……もし、違約すれば、吾も敵に回るぞ」

きつく数馬が釘を刺した。

「……わかっている」

代わりに定岡が答えた。

「では、ともに太刀を引かれよ」

数馬の合図で双方が分かれた。

「そなたたちの主に伝えよ。これ以上、藩を危うくするようなまねをすれば、今度は容赦《ようしゃ》せぬとな」

猪野が告げた。

「藩を守りたいと思っているのは、我らだけではないともな。行くぞ」

言うだけ言った猪野が、二人に声をかけて背を向けた。

「…………」

定岡が見送った。

「ああ」

三人の姿が消えたところで、斎藤が崩れるように座りこんだ。

「斎藤」

あわてて定岡が介抱《かいほう》した。

「気力が尽きたようだな」

数馬も手を貸した。

「かたじけない。いや、なんと申しあげてよいか」

定岡が感謝を口にした。

「たいしたことはしていない」

小さく数馬が首を振った。

「いや、助かった」

屋敷の門が少し開いて、なかから前田直作が出てきた。

「殿」

「…………」

二人の家臣が姿勢を正そうとした。

「そのままでよい」

座りこんでいる斎藤を手で制しながら、前田直作が数馬に近づいた。

「二度も助けられたな」

「……見過ごせなかった。それだけでございまする」

数馬は首を振った。

「一度目は偶然であろうが、今宵まで通りがかりとは思えぬ」

前田直作が尋《たず》ねた。

「土屋どのから、聞きました」

「そうか。土屋が、貴殿に頼んだか。すまぬ」

ていねいに前田直作が頭を下げた。

「いえ。わたくしは土屋どのの願いを断りました。ですので、今宵のこれは純粋にわたくしの考えでございますれば、土屋どのをお叱りになりませんように」

「土屋に罰は与えぬが、叱らねばならぬ。当家のなかでどうにかせねばならぬことであるにもかかわらず、貴殿を巻きこんでしまった」

　ふたたび前田直作が詫びた。

「殿、ご心配をおかけいたしました」

　斎藤が立ちあがっていた。

「では、屋敷へ戻ろう。定岡、先導をいたせ」

　家臣へ命じた前田直作が、数馬を誘った。

「礼をさせてくれ」

「そのようなものは不要でございまする」

　数馬が断った。

「あの瀬能なんだろう、おぬし」

「どこから見ておられた」

　すっと数馬は眼を細めた。

「おぬしが瀬能と指摘されていたところからだな」

あっさりと前田直作が白状した。

「なぜ出てこられなかった」

「火に油を注ぐことになるだろう」

詰問する数馬に前田直作が言った。

「拙者が来なければ、お供の二人は斬られていたでしょう」

「わかっている。かわいそうだが、その結果、加賀藩は生き延びる。理由はどうあれ、城下で騒動を起こしたのだ。あの三人は捕らえられる。なにせ、儂を含め、この家の主、近隣も見ていたのだ。逃げられるはずなどない。多人数で少人数を囲んで殺した。言いわけなどできまい。あの三人に咎が与えられれば、同じまねをする愚か者はでまい。誰も吾が身は惜しい」

前田直作が語った。

「まさか、最初から……」

「これも加賀藩を生かすためだ」

息を呑む数馬へ、前田直作が感情を殺した顔で告げた。

第三章　隠密《おんみつ》の姫

一

家綱の病状は、奥医師たちの必死の看病で小康状態を保っていた。高熱は微熱にまで落ち、嘔吐《おうと》や下痢《げり》などの症状は治まっていた。といったところで、完調にはほど遠い。

さすがに起きてはいるが、家綱は脇息《きょうそく》に身を預け、敷物を使っていた。

将軍とはいえ、武家である。武家は常在戦場、質素を旨《むね》としなければならない。脇息や敷物は、病中あるいは老齢でなければ使わない。その両方を家綱は使っている。どれだけ調子が悪いかは、誰の目にも明らかであった。

「上様にはご機嫌麗《うるわ》しく、左近衛中将《さこんえのちゅうじょう》……」

「……………」

長々と口上を述べる徳川綱吉を、家綱が生気のない目で見ていた。

「宰相《さいしょう》も変わりないようでなによりである」

家綱が決まった言葉でお目通りを締めくくった。

「御免《ごめん》」

綱吉が御座《ござ》の間《ま》から下がった。

「よほどお悪いと見える」

城中を一人歩きながら綱吉がつぶやいた。

綱吉は家綱の弟である。三代将軍家光の長男が四代将軍になった家綱であり、次兄は早世、三兄が甲府藩を興した綱重、そして四男が館林《たてばやし》藩を与えられた綱吉になる。綱重も若くして死亡した今、家綱ただ一人の身内といえる。

だが、身分がそれを許さなかった。

将軍は主君であり、弟は家臣なのだ。本来ならば、お目通りも黒書院《くろしょいん》か白書院《しろしょいん》でおこなわれ、将軍居間である御座の間に呼ばれることなどない。それが、御座の間でのお目通りとなった。これは、家綱が御座の間から動けないほど弱っている証拠であった。

「急がねばならぬな」

綱吉は江戸城内に与えられている神田館《かんだやかた》へと戻った。

昼八つ（午後二時ごろ）、老中たちが下城した。もちろん、仕事は終わっていない。老中たちはし残した仕事を、屋敷に持ち帰り、夜遅くまで執務に励むことになる。

「お帰りなさいませ」

下城した老中堀田備中守《びっちゅうのかみ》正俊を用人が出迎えた。

「本日のご面談希望は、十二家でございまする」

「多いな」

面倒くさそうに堀田備中守が顔をしかめた。

老中たちが日のある内に屋敷へ戻る理由の一つが、面談であった。老中は幕府の政すべてを担《にな》う。その権力は絶大であった。となれば、老中に陳情を申し立てる者が出てくる。それを城中でされては、執務が滞《とどこお》る。また、陳情している姿を他人に見られたくないと思う者も多い。なにせ、願いの内容が、己《おのれ》の出世とか、もっと豊かな領地への転封などなのだ。他人に知られて外聞のいいものではない。そこで自宅を訪れた来客という形をとって面談がおこなわれるようになった。

こういう事情で、老中の屋敷には毎日面談を求める大名、旗本、豪商などが列をなしていた。

「あと……」

玄関から表書院へ歩いて行く堀田備中守の半歩後ろにつきながら、話をしていた用人が声を潜《ひそ》めた。

「なんだ」

堀田備中守も小声になった。

「館林さまから、ご使者が参っておりまする」

「なにっ」

「茶室にお通ししておりまする」

「他の客たちは待たせておけ」

着替えをすることもなく、堀田備中守は上屋敷の奥に作られた茶室へと足を運んだ。

「お待たせした」

茶室へ入った堀田備中守が頭を下げた。

「こちらこそ、不意に参りましたことをお詫《わ》びいたしまする」

館林藩家老牧野《まきの》成貞《なりさだ》が深く腰を折った。

「誰も近づけるな」

そう言って堀田備中守が用人を追い出した。

「公がなにか」

堀田備中守が問うた。

今でこそ老中と館林藩家老と身分差のある二人だが、もとは旗本として同僚であった。いや、最初は牧野成貞のほうが格上であった。関ヶ原《せきはら》の合戦以降徳川に仕えた堀田家と三河《みかわ》以来ずっと徳川家に仕えてきた牧野家では、同じ旗本であっても差があった。それが、堀田備中守の父加賀守《かがのかみ》正盛が三代将軍家光の寵愛《ちょうあい》を受けたお陰で、息子の備中守正俊は累進、対して牧野成貞は、家光の四男の傅育《ふいく》を任されたほどの信頼が仇《あだ》となり、綱吉が館林藩を立てるに連れてその家老へと職を変え、陪臣《ばいしん》へと格を落とされた。とはいえ、牧野の一門は長岡《ながおか》藩主、上野大胡《こうずけおおご》藩主と多く、幕府への伝手《つて》はしっかりと残っている。

また、実質、上野館林藩を差配《さはい》しているのは牧野成貞であり、同じ上野国の安中《あんなか》藩主である堀田家とのかかわりも強い。いや、酒井雅楽頭《うたのかみ》に抑えつけられている不満から、堀田備中守は四代家綱の寿命が尽きようとしている今、次代を睨《にら》んで綱吉に接近しつつあり、牧野成貞との交友を深めていた。

「本日お目通りを願われたのでございまするが……」

牧野成貞が話し始めた。

「上様のご体調は芳《かんば》しからずと。しかし、お世継ぎさまはおられない」

「……」

無言で堀田備中守は聞いていた。

「五代さまはどうなりましょう」

真剣な声で牧野成貞が問うた。

「上様がご在位の間は、そのような話はいたしませぬ」

建前を堀田備中守が口にした。

「御用部屋では、お話が出ていないと」

「出ていないとは申しませぬが、わたくしは存じませぬ」

堀田備中守が首を振った。

「出ているのでございますな」

言外に堀田備中守が含めた意味を、牧野成貞はしっかりと理解していた。

「どなたさまのお名前が……」

「わたくしは存じませぬ」

牧野成貞の問いを、堀田備中守が拒んだ。

「備中守さま」

二人きりながら、牧野成貞が一層《いっそう》声を低めた。

「なんでございましょう」

「我が主《あるじ》が、申しておりました」

「宰相さまが、なにを仰《おお》せになられましたか」

堀田備中守が尋《たず》ねた。

「天下のために、吾が身を差し出す覚悟はあると」

「……それは」

牧野成貞の言葉に堀田備中守が息を呑《の》んだ。

「…………」

無言で牧野成貞がうなずいた。

「……わかりましてございまする」

しばらく沈黙した堀田備中守が首肯《しゅこう》した。

「ただわたくしは、上様のご本復《ほんぷく》がかならずなるものと信じておりまする。ゆえに表だってはなにもいたしませぬ」

「承知いたしておりまする。上様がご回復なされることこそ、天下安寧《あんねい》の根本でございまする。我ら館林の者どもも、そう願っておりまする」

大仰《おおぎょう》に牧野成貞が同意を表した。

「ところで、宰相さまが、将軍となられたとして、どのような政《まつりごと》を望まれましょう」

「さようでございますな。殿からお聞かせいただいたわけではございませぬが、我が藩でのことから考えるに……」

牧野成貞が一度口を閉じて、堀田備中守を見た。

「考えられるに……」

堀田備中守が先を促《うなが》した。

「信頼できるお方に、一任されましょう」

「ほう。それは」

告げた牧野成貞へ、堀田備中守が感心した顔をした。

「どうすれば、宰相さまのご信頼を得られましょう」

堀田備中守が訊《き》いた。

「殿のご覚悟に応じられたお方が、信頼を受けられることになりましょうな」

「さきほどのご覚悟でございますな。どうやら、わたくしも肚《はら》を決めねばなりませぬか」

牧野成貞の答えに、堀田備中守が宣した。

加賀藩筆頭家老本多政長の先祖は、家康の謀臣《ぼうしん》として、その天下取りに貢献した本多佐渡守《さどのかみ》正信である。

本家である本多佐渡守家は、老中大久保加賀守の先祖大久保忠隣《ただちか》との政争に一度は勝ったが、庇護者《ひごしゃ》家康を失った途端《とたん》、反撃を受けて滅《ほろ》ぼされた。一時は別家している加賀本多家にも危難は及びかけたが、陪臣であったことで見逃された。とはいえ、本多家が徳川にとって格別な家であることはかわらず、旗本や三河譜代の大名たちとの交流は続いていた。

「戸田《とだ》どのから書状か」

一人、本多政長が嘆息した。

「どちらにしろと」

小さく本多政長が首を振った。

戸田とは、京都所司代《しょしだい》戸田越前守忠昌《えちぜんのかみただまさ》のことであり、戸田家と本多家には奇妙な繋《つな》がりがあった。

加賀本多家の初代政重《まさしげ》が、戸田家の侍女に手を出して孕《はら》ませ、男子を産ませた。その男子を戸田家が預かって一門としていた。戸田越前守と本多政長の間に、血の繋がりはまったくないとはいえ、縁はある。代も移り、親しく行き来はしていないが、祝い事などで贈りものをするていどのつきあいは続いていた。

「綱紀《つなのり》さまの将軍家ご養子の件は断れ、か」

戸田越前守の書状に書かれている用件は、前田綱紀の五代将軍就任阻止であった。

「あいかわらず、幕府というのはまとまらぬな」

本多政長が苦い顔をした。

「大老酒井雅楽頭と違ったことを言う京都所司代か。京都所司代は大老の下僚《かりょう》である。それでいながら、指示に反した動きを見せるか」

京都所司代は、朝廷を監視するのが役目である。数万石ほどの譜代大名から選ばれ、大坂城代同様、務めあげれば老中へと転じていく要職であった。

「京にいながら、江戸のことに口を出す。戸田越前守どのは、延宝《えんぽう》四年（一六七六）に京都所司代に任じられている。ふむ、今年で五年目か。長く京に居《い》すぎて、長袖《ながそで》に染まったか。それとも、長袖どもの入れ知恵でもあったか」

長袖とは公家の蔑称《べっしょう》である。京都所司代は、幕府による朝廷への目付役である。それは、公家や宮家とばかりつきあうことなのだ。そして、公家ほど陰謀に長《た》けた者はいない。

「いよいよ朝廷は、幕府へ口出しをする気だな。直系の継承が途切れかけている今こそ、好機ととらえた」

難しい顔を本多政長がした。

「となれば、朝廷には意中の五代将軍がある。綱紀公に将軍となられては困るか」

本多政長は戸田越前守の書状の裏を読んだ。

「難事よなあ。酒井雅楽頭にしたがわねば、前田家が危ない。罰は覚悟せねばならぬ。その罰は、当然、我が家にも及ぶ」

加賀本多家は、大名の家臣としては異例の五万石を誇っている。これは、加賀藩が、幕府から遣《つか》わされた監視役である本多政重を懐柔《かいじゅう》するためであった。

「前田家を幕府の言うがままにするのが、我が本多家の役目」

加賀本多家には堂々たる隠密《おんみつ》という別名があった。加賀本多家の役割については、幕府と前田家だけでなく、世間も知っている。

「意思統一してくれねば、動きようがない」

本多政長が困惑した。

「前田直作《なおなり》どのの行動も、困る」

金沢で声高《こわだか》に、綱紀公を将軍にと言って歩いているのだ。本来、これは本多家の役目であった。

「先手を打たれた気がしてならぬ」

ゆえに、加賀本多家は今回の騒動に対し、意見を明らかにしていないのだ。

「なにせ、綱紀公は一筋縄ではいかぬお方じゃ」

綱紀は、初代前田利家の再来と言われるほど、政にも熱心であった。

「前田直作は、愚か者ではない」

酒井雅楽頭の援助はおろか、誰一人味方のいない金沢で、命がけで藩主を幕府へ売り渡せと声高に表しているのだ。なんの考えもない馬鹿か、深慮遠謀《しんりょえんぼう》の臣かのどちらかでしかない。

「なにも考えていない馬鹿ならば、一度命を狙われた段階で逃げ出しているはずだ。綱紀公を幕府にという利点は、その功績で直臣に取り立ててもらうしかない」

綱紀が五代将軍に就任するとき、その手足となる者として、何十人かの前田家家臣を幕臣として連れて行くことになる。その者たちは、前田家から旗本へと籍を移す。当然、前田直作もそうなる。そして、石高一万石をこえる前田直作は、旗本ではなく譜代《ふだい》大名へと出世するのだ。

「それをあの前田利政公の末裔《まつえい》が望むとは思えぬ」

関ヶ原で東軍として出陣しなかったとして、能登《のと》一国を取りあげられた前田利家の次男利政が、直作の祖父であった。徳川家に恨《うら》みはあっても、恩はない。

「殿」

一人考えている本多政長のもとに、家臣が顔を出した。

「どうした」

「お城より使者が参りました。急ぎ登城を願うとのことでございまする」

家臣が報告した。

「儂《わし》に登城せよというか。となれば、綱紀公の御用であるな」

前田家でずば抜けた家格を誇り、筆頭家老の職を務める本多政長を呼び立てられるのは、ただ一人しかいなかった。

「駕籠《かご》を用意いたせ」

「はっ」

命じられた家臣が戻っていった。

「決断されたか、それとも……。状況によっては、吾《わ》が身を守る戦いをせねばならぬな」

身《み》形《なり》を整えながら、本多政長は思案した。

二

金沢城の表御殿、大広間に横山玄位《はるたか》を除いた人持《ひとも》ち組頭《くみがしら》六家が勢揃《せいぞろ》いしたのは、本多政長が到着してから半刻《はんとき》（約一時間）ほど経《た》っていた。

「遅れた」

屋敷が城から少し離れる奥村別家当主奥村庸礼《やすひろ》が詫びながら、席に着いた。

「揃ったようだの。本日集まってもらったのは、殿より書状が届いたゆえである」

本多政長が座を取り仕切った。

「殿から」

一座がざわついた。

「儂も先ほど報《しら》せを受けたばかりで、内容までは知らぬ」

手にしていた書状を前に出し、本多政長が開封していないことを見せた。

「では、開ける」

本多政長が書状の封を解いた。

「読みあげるぞ」

「…………」

残り五人の人持ち組頭が軽く頭を傾けた。

「前田直作《なおなり》を江戸へ召喚《しょうかん》する。監察として藩士一人を同行させよとの御諚《ごじょう》である」

読みあげた本多政長が、書状を手に持ち、一同へと示した。

「江戸へ来いと」

前田直作が最初に反応した。

「本多どの、殿の書状を拝見させていただきたい」

前田孝貞《たかさだ》が確認を求めた。

「うむ」

本多政長が前田孝貞へ書状を渡した。

「花押《かおう》もまちがいない。どういうことだ、本多どの」

「書いてあるとおりでしかなかろう」

問う前田孝貞へ、本多政長が答えた。

「なぜ今直作を……」

「備後《びんご》どの」

まだなにか言いかけていた前田孝貞を放置して、本多政長が前田直作へ声をかけた。

「なんでござろう」

前田直作が応じた。

「殿の書状には、いついつまでに江戸へとは書かれていないが、できるだけ早く着いたほうがよいであろう。何日あれば、出立《しゅったつ》の用意が整うかな」

筆頭家老として、本多政長は話を進めた。

「そうでござるな。この時期でござるゆえ、雪の心配はしなくていい。となれば、旅装もたいしたものは不要。供《とも》をさせる家臣の準備だけのようなもの。五日くだされば」

少し考えて、前田直作が答えた。

「結構だ」

本多政長が首肯した。

「ところで、殿より一人藩士を連れてとあるが、誰でもよいか」

「そうでござるな。とくに問題は……」

誰でもいいと口にしかけた前田直作が間を空けた。

「どうかしたか」

「指名してもよろしいか」

「殿の書状に、誰にとは示されていなかったゆえ、問題はないと思うが」

尋ねられた本多政長が、他の人持ち組頭たちを見た。

「よろしかろう」

「うむ。さすがに奉行や番頭をと言われても困るぞ。政が滞る」

「もちろん与力などは、殿へのお目通りができぬゆえ、駄目《だめ》だ」

口々に人持ち組頭が同意と条件を述べた。

加賀藩には大きく四つの格があった。本多政長や前田直作ら万石をこえる人持ち組頭、家老や城代を輩出する人持ち組、平士、平士並《なみ》、そしてお目見《めみ》えのできない寄騎以下である。

人持ち組は加賀藩三千人の士分のうち、八十人ほどしかいない名門であり、その下に位置する平士、平士並であり、ここまで藩主お目通りが許された。

「いや、誰でもと言うより、こちらで選ぶべきであろう」

前田孝貞が異を唱えた。

「意中の者でもあるのか」

本多政長が前田孝貞へ訊いた。

「そうだな。どうだ、平士の猪野兵庫《ひょうご》などは。江戸詰《づめ》であったこともある。道中にも詳《くわ》しかろう」

一人の藩士の名前を前田孝貞があげた。

「それはいかぬな」

はっきりと本多政長が首を振った。

「なぜいかぬ」

前田孝貞が反発した。

「儂がなにも知らぬとでも思っているのか」

猪野は先日、前田直作を襲おうとしていた三人組の一人であった。

「うっ」

本多政長に言われた前田孝貞が詰《つ》まった。

「義理とはいえ、兄弟なのだ。これ以上は言わぬが、あまり過激な者どもを出入りさせるのはどうかと思うぞ」

前田孝貞の正室は、本多政長の妹であった。

「腰を折って申しわけない。で、誰を供になさる」

詫びながら本多政長が問うた。

「瀬能数馬《せのうかずま》どのはいかがであろう」

「……瀬能とは、あの瀬能か」

「あのもこれも、瀬能は一家しかなかろう」

聞き直した長尚連《ちょうひさつら》へ前田直作が応じた。

「天徳院《てんとくいん》さま付きとして来たもと旗本の瀬能か」

本多政長も驚いていた。

大名同士の婚姻《こんいん》は家と家のものである。庶民のもののように、夜具と鍋釜箸《なべかまはし》を持って終わりとはいかなかった。行列となるほどの道具立てと、輿入《こしい》れする姫君の身の回りのことに慣れた女中、そして警固《けいご》と所用を承《うけたまわ》る男の家臣がついた。

これは将軍の姫でも同じであった。どころか、規模は比較できないほど大きくなった。秀忠の娘、珠姫《たまひめ》の輿入れに従った女中の数は数十人、家臣は百人をこえた。

外様《とざま》最大の加賀藩と幕府の融和としておこなわれた前田利常と珠姫の婚礼は、大名の妻と子供は江戸にいなければならないという幕法を無視して、金沢で開かれた。当時三歳だった珠姫は、その後亡くなるまで加賀で過ごした。天徳院とは、珠姫の戒名であった。

そして珠姫に付けられた家臣と女中のほとんどは、婚礼が終わると江戸へ戻されたが、幾人かはそのまま金沢に残った。その一つが瀬能家であった。

数馬の祖父数右衛門は珠姫が生まれたときから付けられていた用人であった。

姫さま用人と呼ばれた役職は、珠姫の日常生活に要《い》りような物品の手配から、身の回りの世話をする女中の任免罷免《にんめんひめん》までを担った。その縁で婚姻行列の差配も任され、金沢まで供をした。その後、珠姫さまの用人役を加賀藩の藩士に引き継いで、江戸へ帰るはずであった。

「じいでなければ嫌じゃ」

三歳の姫は、江戸から金沢へいたる間、休憩《きゅうけい》したい、喉《のど》が渇《かわ》いた、お腹が空いた、眠りたいなどの我《わ》が儘《まま》に応じて動いてくれた数右衛門のことを気に入ってしまった。普段《ふだん》、大奥と表に分かれ、用人とはいえ、ほとんど触れあわなかったが、旅がその垣根を取り払っていた。

「珠の願いに応じてやってくれ」

江戸表《おもて》へあおいだ指示の返答は、秀忠から幼い娘を頼むというものであった。将軍の願いは、命令であった。こうして瀬能家は旗本から、加賀藩士へと籍を変えた。その代わり家禄は六百石から千石に加増された。

珠姫と利常の仲はよく、二人の間にはじつに三男五女ができた。十三歳で初夜を迎えた珠姫は、ほとんど毎年のように子を産んだ。しかし、五女夏姫《なつひめ》を出産した後に体調を崩し、二十四歳の若さで他界した。これを受けて珠姫さま付きの用人だった瀬能数右衛門はお役御免となった。

といっても、すでに嫁入りから二十一年経っている。珠姫が死んだからといって、今更《いまさら》旗本に復帰するわけにもいかず、そのまま瀬能家は加賀藩士として金沢にあった。

加賀藩としても、瀬能家の取り扱いには困った。姫が存命の間は、その相手をさせていればすんだが、死んでしまったのだ。とはいえ、もとが旗本なだけに、幕府との繋《つな》がりもあり、無下《むげ》に扱うわけにもいかない。かといって新しい役目を与えるわけにもいかず、千石という前田家でも多いほうの禄《ろく》を食《は》む無役の家を抱え続けるはめになった。

「存じ寄りか、瀬能を」

「いささか」

なんとも言えない顔で訊いた奥村時成へ、前田直作が首肯した。

「本多どのとお親しいのであったかな」

前田孝貞が尋ねた。

「まったく知らぬわけではないが、ほとんど交流はないな」

本多政長が首を振った。徳川の家臣であった過去を持つといえば、本多政長と瀬能家は同じだが、経緯は大きく違っていた。本多家が徳川の家臣であったとき、まだ家康は天下を取っていなかった。それどころか、本多家の先祖政重が徳川家を離れたのは、同僚を喧嘩《けんか》の末に殺して逐電《ちくでん》したのであり、将軍から頼まれて金沢へ移った瀬能家とは事情が異なった。

「わかってもいるし、しかたないことだと思ってもいるがな。あまり邪推《じゃすい》されるのは気持ちのいいものではないぞ」

頬《ほお》をゆがめながら、本多政長が嘆息した。

「いや、そういうわけでは……」

前田孝貞が、目をそらした。

質問は、本多政長と瀬能を幕府の隠密として同僚ではないかと疑ったのだ。本多政長は、徳川最大の謀臣本多正信の孫である。それが外様最大の前田家の家臣となった。それだけでも怪しいのに、本多政長の父政重の経歴が輪をかけていた。

本多正信の次男政重は、徳川家を出奔《しゅっぽん》した後、豊臣秀吉の寵臣《ちょうしん》大谷吉継《おおたによしつぐ》に仕えた後、秀吉の養子となった宇喜多秀家《うきたひでいえ》、福島正則の家臣をへて、上杉家の重臣直江兼続《なおえかねつぐ》の娘婿《むすめむこ》となっていた。そのほとんどが関ヶ原で家康に敵対した豊臣方であり、大谷と宇喜多は断絶、上杉は潰《つぶ》されなかったとはいえ、百二十万石の所領を三十万石に減らされるなど、皆、悲惨な目に遭《あ》っている。唯一《ゆいいつ》家康について関ヶ原を生き延びた福島も、本多政重の実父正信の策にはまり、城地没収のうえ流罪となった。

その本多政重が外様最大の加賀前田家へ来た。今までの動きと出自《しゅつじ》から、前田家のことを探るためだと思われても当然である。そのため、加賀では本多家のことを「堂々たる隠密」と呼んで、警戒していた。それを逆手に取ったのが、二代藩主前田利長《としなが》であった。前田家へ来た本多政重を五万石という厚遇で迎えただけでなく、家老筆頭として、藩政のすべてを預けたのだ。こうして前田家には隠さなければならない秘密はないと、本多政重から幕府へ伝えさせようとした。

徳川家も四代を重ね、前田家も五代となり、本多も代を変えた。時代も変化したが、加賀藩のなかでは、未だに本多家を幕府の監視役と見ているものは多かった。

しかも珠姫付きという名目を持っているとはいえ、幕臣が金沢へ入っていたのだ。瀬能を本多家と幕府の連絡役と考えても不思議ではなかった。

「念のために申しあげるが、今の瀬能家の当主数馬とは、一度も会ったことはない。ああ、城中や城下ですれ違ったくらいはあると思うが、話をした経験はないぞ」

不機嫌さを露《あら》わに本多政長が言った。

「……御用はすんだようだ。多忙ゆえ、これにて御免」

居づらくなった前田孝貞が、座を立った。

「では、わたくしも用意がございますので」

少しだけ間を空けて、前田直作も出ていった。

「本多どのよ」

「なにかの」

長尚連の呼びかけに、本多政長が目を合わせた。

「これはどういう意味であろうか」

座の真ん中に置かれた書状を長尚連が見た。

「殿が国元の状況をご存じないとは思えぬ」

奥村時成も疑念を口にした。

「…………」

他の人持ち組頭も本多政長へ顔を向けた。

「殿はご英邁《えいまい》である。すべてをご存じだろう」

本多政長が述べた。

「おそらく、このまま国元に居させては、前田直作どのの命が危ないとお考えになられたのだろうな」

「それだけか」

難しい顔で奥村分家の庸礼が口を開いた。

「殿は、将軍になるとお決めになられたのではないか。そのため、賛成している前田直作どのを呼び寄せた。江戸家老の横山玄位は、国元では公言しなかったが、もともと徳川に近いうえ、一門に旗本も多い。裏では賛成していると見てもおかしくはなかろう」

「江戸表を賛成派で固め、国元を抑えようと」

長尚連が推測した。

「どうであろうか、本多どのよ」

奥村庸礼が本多政長へ顔を向けた。

「わからぬ。殿のご真意などわかろうはずもない」

本多政長が首を振った。

「………………」

にべもない答えに、尋ねた奥村庸礼が沈黙した。

「……一つ訊きたい。よいかな、本多どの」

本家奥村時成が声をかけた。

「なんでござろう」

「貴殿は、今回のお話、賛成なのか反対なのか」

厳しい表情で奥村時成が質問した。

「ふうむ」

大きく本多政長が嘆息した。

「どちらかというならば、反対でござる」

「おおっ」

「うむ」

反対を標榜《ひょうぼう》している長尚連、奥村庸礼が喜びを露わにした。

「その理由は、殿を幕府に渡すのはもったいないからでござる」

「なんと」

「どういうことだ」

本多政長の理由に、二人が驚いた。

「殿は英邁でござる。まちがいなく稀《まれ》に見る名君となられましょう。ただし、それは殿の思うがままの政がなされるという条件のもと。今の幕府にできることではござらぬ」

小さく本多政長が首を振った。

「殿を将軍にと望んでいるのは、今の執政衆。その理由は、将軍が代わっても、己たちの座を譲りたくないからでござる」

「思うがままのそうせい侯か」

頬を少しゆがめて、奥村時成が言った。

「だが、殿はそうせい侯にはなられまいぞ。ご気性が強い」

長尚連が否定した。

「いや、なられるしかない。加賀藩が人質になるのだ」

本多政長が嘆息した。

「ううむう」

意味を理解した長尚連が唸《うな》った。

「万をこえる家臣たちとその家族、領民たちのことを思えば、殿になにができる。ただ、酒井雅楽頭らのいうがままになるしかあるまいが」

「……………」

座が静まりかえった。

「殿の才を潰すのは惜しいというのも一つ」

本多政長が一同を見回した。

「もう一つは、殿を幕府へ差し出したあと、どなたを藩主公とするのだ。殿にお子さまはおられぬぞ」

「ううむ」

「それは」

一同が難しい顔をした。

「ご兄弟もな」

本多政長が付け加えた。

前田綱紀には弟が居たが、早世していた。父である四代藩主前田光高が三十一歳という若さで亡くなったこともあり、妹もなかった。

「光高さまのご兄弟は、それぞれ富山藩、大聖寺《だいしょうじ》藩を立て、独立されている。もちろん、そちらからご養子をお迎えすることはできるが……」

「…………」

「うまくはいくまい」

一同が苦い顔をした。

「どちらも本藩との仲が悪い。とくに富山との仲が」

長尚連が嘆息した。

同じ子供でありながら、たった一人だけが選ばれて家を継ぐ。武家の相続の決まりであるが、選ばれなかった子供にしてみれば、納得できることではない。前田光高の弟二人は分家できただけ幸せであった。とはいえ、兄は百万石をこえる外様第一の大藩を譲られた。なまじ別家しただけに、一層格差を感じたとしてもおかしくはなかった。

なかでも光高のすぐ下の弟で、富山藩十万石の初代藩主となった利次は本藩に複雑な感情を抱いていた。

父利常の隠居に合わせて、十万石を分地された利次は、幕府へ願い出て領地百塚《ひゃくづか》に居城を建築し始めた。しかし、十万石を分地されたばかりで、まだ年貢《ねんぐ》を集めてもおらず、金蔵に千両箱もない状態では建築の費用を捻出《ねんしゅつ》できず、途中で断念せざるを得なくなった。

そこで、利次は領地に近い加賀藩の富山城を居城とすべく、持ち主である本家へ譲渡を願い出た。

富山城は、初代藩主前田利長の隠居城であったが、火災に遭い、建物のほとんどを失ったため、放置されていた。ただ、その立地は加賀藩の領土内であったため、利次の願いを受けた加賀藩は、富山城周囲の土地を渡す代わりに、富山藩の領地を差し出させた。等価交換を命じたのだ。

これが前田利次を怒らせた。

「百万石もあるならば、廃城に近い城一つくれてもよいであろうが」

本藩を継いだ兄への嫉妬《しっと》ではあったが、それだけに根深い。また、新たに作られた分家へ、移籍を命じられた家臣たちも不満を抱いていた。昨日まで同僚であったのが、今日から本家づき、分家づきという格差を押しつけられたのだ。

主君、家臣、両方の感情は爆発こそしなかったが、加賀藩、富山藩の不仲となって顕在していた。

「なぜ、今になってこのようなことに」

難題に奥村庸礼が頭を抱えた。

「これも酒井雅楽頭の策だとしたら……」

止《とど》めを本多政長が口に出した。

「お家騒動を起こさせると」

奥村時成が確認を求めるように述べた。

「藩主を取りあげ、加賀藩を意のままに扱う。藩主を将軍に迎える振りをして、お家騒動を誘発し、加賀藩を潰す。どちらに転んでも、酒井雅楽頭の手柄になる。手柄を立てた酒井雅楽頭は、次代でも安泰」

「おのれっ」

長尚連が憤《いきどお》った。

「もとより、これらが勘《かん》ぐりでないとはいえぬ。が、相手の意図を考えず、動いては策にはまりかねぬ。ご一同、軽挙妄動《けいきょもうどう》だけはお慎《つつし》み願いたい」

そう言って、衝撃の残る三人を残し、本多政長が座を立った。

「ああ、これを機に一度瀬能と会おうかと思いまするが、お気回しのないように。江戸行きのことも、そのときに報せまする」

結局、本多政長の真意は語られずに終わった。

三

屋敷に帰った前田孝貞は、綱紀の書状の意味を考えていた。

「なぜ、前田直作を江戸へ呼び出した。国元の騒動を抑えるだけならば、前田直作へ危害を加えることを禁じればいい」

藩主にもっとも近い一門である。同じ前田を冠しているとはいえ、孝貞の前田家とは格が違った。前田直作の血は、まっすぐ藩祖利家に繋《つな》がるのだ。関ヶ原の合戦での判断違いがなければ、今頃前田直作は能登二十二万石の主となっていたはずであった。

「綱紀公が将軍になりたいとお考えであれば……反対する者が多い国元で、一人賛成を表した直作は力強い味方である」

前田孝貞が独《ひと》りごちた。

「綱紀公には跡継ぎがいない……そうか」

大声を前田孝貞があげた。

「己のあとを前田直作に譲られるおつもりか。そのためのお披露目に、直作を江戸へ呼んだと考えれば、つじつまは合う」

前田孝貞が目を剝《む》いた。

「将軍になりたいために、家を捨てる藩主。そして、その裏切りを助けることで、本家の跡継ぎとしてもらう一門」

ぎりぎりと音を立てて、前田孝貞が怒った。

「加賀藩をなんだと思っているのか。我ら重臣を蚊帳《かや》の外とし、己たちだけの栄達《えいたつ》を望むなど、武家の風上にも置けぬ」

前田孝貞がわなわなと震えた。

「このままですむと思うな。誰ぞ、猪野をこれへ」

手を叩《たた》いて前田孝貞が家臣を呼んだ。

前田直作は、急ぎ家臣の選定をおこなった。

一万石をこえる前田直作家には、およそ百五十人ほどの家臣がいた。もちろん、そのほとんどが領地の行政を担当する者で、警固役である馬廻《うままわ》りなどはせいぜい三十人ほどしかいなかった。

「すべてを連れて行くわけにはいかぬ」

金沢の屋敷を空にするわけにはいかなかった。それこそ、闇討ち、放火など、当主の留守をよいことに蹂躙《じゅうりん》されかねなかった。

「藩主公も時期を考えてもらいたい」

人選をしながら、前田直作がぼやいた。

「今、金沢を離れる利はわかっているが、しなければならないことのほうが重要であろうに」

前田直作が独りごちた。

「藩主公の将軍就任、ありえるはずなどない。これは酒井雅楽頭の策略だ」

筆で供を命じる家臣の名前を書きながら、前田直作がつぶやいた。

「お気づきでないはずはないと思うが……将軍の地位は周囲を見えなくするほど、魅力があるのもわかる。公はお若い。夢を見られても仕方ないが……」

前田直作が危惧《きぐ》した。

「つけこまれては、前田家が潰れる」

筆を止めて、前田直作が嘆息した。

「誰ぞ、ある」

供する家臣の名簿を作った前田直作は、手を叩いた。

翌日、瀬能家の屋敷に本多政長からの迎えが来た。

「お目にかかりたいと主が申しております。畏《おそ》れ入りまするが、当家までお運びいただけませぬか」

本多家の用人が願った。

「……本多さまが、わたくしに。承知いたしました。身形を整えまするゆえ、しばしお待ちを」

承諾した数馬は、用人を玄関に待たせ、急いで奥へ入った。

「殿、本多さまのお召しだそうで」

父の代から仕えてくれている老爺《ろうや》が、着替えの手伝いをしながら問うた。

「ああ。どういうことだ」

数馬は首をかしげた。

「おつきあいを避けておりましたのに」

老爺も同意した。

「余計な疑念をいだかせてはならぬ。姫さまのお世話をするためだけに、瀬能家は加賀へ来たのだ」

加賀瀬能家の初代となった数右衛門の戒めもあり、瀬能家は本多家とのつきあいを避けてきた。それこそ、出会っても黙礼するだけに止め、口をきくことさえしなかった。また、本多家も同じ態度であった。

両家には暗黙の了解ができていた。それを本多家が破ってきた。なにかあると数馬が考えたのも当然であった。

「ここで考えても同じでございましょう。お目にかかり、お話を伺わねば」

「たしかに」

老爺の言葉は正しかった。

「お待たせをいたした」

羽織袴《はおりはかま》の正装になった数馬が、本多家の用人に詫びた。

「いえ。こちらこそ、お気遣《きづか》いを戴《いただ》きました」

用人がていねいに頭を下げた。

玄関脇の小部屋で用人には茶菓が出されていた。だが、どちらにも手は付けられていなかった。

「では、お願いをいたしまする」

用人が先導した。

本多家の屋敷は、城に近い小高い丘を一つ抱えこんでいた。

なにせ五万石である。領地に家臣の多くを置いているとはいえ、金沢の屋敷にも数百の家臣は常駐している。門構えも大きく、塀《へい》も高い。城郭とまではいわないが、ちょっとした砦《とりで》ほどの規模はあった。

「どうぞ」

開かれていた正門へと用人が案内した。

本多家には、藩主公を迎えるときだけに使われる門が正門とは別に設けられていた。とはいえ、正門もそうそう開かれるものではなく、当主、その一門、本多家の家政を預かる家老職など、限られた者の出入りしか認められていない。加賀藩の家臣では、人持ち組頭と人持ち組までで、平士である瀬能数馬のために開かれるのは異例であった。

「こちらからお招きをいたしましたので」

気遣わしげな数馬へ用人が告げた。

「さようか」

それでも数馬は、落ち着かなかった。

諸藩で千石は上士に入る。数万石の小藩ならば、家老にあたる。だが、本多家は五万石なのだ。規模が違いすぎた。

「馬揃《うまぞろ》いができる」

門を潜《くぐ》った玄関前の広場に、数馬は目を見張った。

馬揃いとは、出陣の前に主君に騎乗以上の家臣が整列することだ。ここで主君から命と激励を受けて、出陣していく。騎馬に乗った者が集まるだけに、相当な広さがなければできなかった。

「どうぞ。こちらからお上がりください」

用人が玄関を示した。

「…………」

玄関も式台だけで何畳あるかわからないほど大きい。数馬は圧倒されてしまった。

「ここからはわたくしがご案内いたしまする」

玄関から人が交代した。

「こちらでお待ちを」

五人は余裕で並んで進める広い廊下をかなり進んだところで、ようやく客間へ着いた。案内役の家臣が、襖《ふすま》を開けて数馬を促した。

「御免」

数馬は太刀を外して客座敷襖際《ふすまぎわ》に置き、少し離れた下座に腰を下ろした。家臣ではないので脇差までは外さない。

「見事な」

三方の襖には見事な絵が描かれていた。また、上座の床の間には、幅の広い書の軸が掛けられていた。

「書状か」

掛け軸には細かい文字が流れるような筆で書かれていた。

「祖父のものだ」

読もうとしているところへ、本多政長が入ってきた。

「……ご祖父さまでございまするか」

「といっても、義理だがな」

座りながら本多政長が数馬を見た。なにげない所作ではあったが、五万石の風格が数馬にも伝わってきた。

「義理の祖父……直江山城守《やましろのかみ》さま」

それで数馬は思いあたった。

「ああ。これは祖父が、家康さまに出した書状の写しよ」

「えっ。まさか……」

　なにげない本多政長の言葉に数馬が絶句した。

　直江山城守兼続は、上杉謙信《けんしん》、景勝《かげかつ》の二代に仕えた重臣である。とくに景勝とは幼なじみに近い関係にあり、謙信の死後、景勝を跡継ぎとした最大の功臣でもあった。また、豊臣秀吉から三十万石で余《よ》に仕えよと言われたほど才能もあり、豊臣五大老として上杉家が重きをなす中心ともなった。しかし、徹底した家康嫌いでもあった。

　その直江山城守兼続が、帰国した上杉家を謀叛《むほん》と咎《とが》めた家康に対し、痛烈な批判を籠《こ》めて出した返書が、有名な直江状《なおえじょう》である。その無礼な文言に激怒した家康が上杉征伐を興し、その隙《すき》を狙った石田《いしだ》三成《みつなり》が挙兵して関ヶ原の合戦となったことでも知られていた。

「なぜ、それがここにと思うであろう。山城守どのはな、家康さまと対峙《たいじ》していながら、裏では我が父政重を通じて祖父正信と連絡を取り合っていたのだ」

「なぜ、敵方の謀将と……」

　本多政長の話に、数馬はついていけなかった。

「謀臣というのはな。敵に勝つことだけを考えているようでは、足りぬのだ。負けたときのことも考え、しっかり手を打ってこそ、軍師と言える」

「なるほど」

数馬は手を打った。

「直江の祖父と本多の祖父は、戦《いくさ》の始まる前から落としどころを決めていた。そのお陰で降伏が認められ、上杉は生き残った。もし上杉を許さず、強兵として聞こえた上杉の騎兵を相手に戦えば、いくら三河兵が精強とはいえ、そう簡単には勝てぬ。関ヶ原の合戦で勝利したとはいえ、まだ大坂には豊臣が、伊達や最上、毛利、島津、そして我が前田など、徳川に肩を並べる力をもった大名が健在であった。上杉相手の戦で徳川が大きな傷を受ければ、今度こそ豊臣秀頼《ひでより》が立つ。関ヶ原で家康さまに付いた加藤や福島、黒田、浅野も敵に回る。それではもう一度、天下分け目をすることになる。それだけの余裕など徳川にはない。そう言って、祖父正信が家康さまを説いた」

「それで上杉家は、神君家康さまに戦いを挑みながら潰されなかった」

大きく数馬は頷《うなず》いた。

「ああ。この書状は、下書きだったものらしい。家康さまに出す前に、父政重のもとへ届けられた。もちろん、祖父正信に見せてくれとの意味だが、そのまま山城守の書状を保管しておくわけにもいくまい。戦の前から敵方と通じていた証《あかし》だからな。かといって破棄してしまえば、家康さまに届けられたものとの差がわからなくなる。祖父も直江山城守どのも謀臣だ。相手をはめるのが仕事のようなもの」

それは数馬にもわかっていた。大坂冬の陣で豊臣家と徳川の間に交わされた和睦の条件をあっさりと無視して、好き放題したのが本多正信であった。そのため、翌年におこなわれた夏の陣で豊臣家は満足な抵抗もできず、滅亡した。

「万一を考えて保管しておくとなれば、山城守どのの娘婿《むすめむこ》でそのうえ徳川の家臣ではない父がつごうがよかった。義父の書状を持っていてもおかしくはないからな。そこで、書状は父に返され、そのまま我が家に伝えられたというわけだ」

あっさりと本多政長が秘事を明かした。

「そのように大切なものを、他人に見せてもよろしかったので」

「徳川の天下は今さら揺らぐことはない。豊臣家が滅び、上杉が臣従し、直江家が断絶した今、これはもうただの紙切れに過ぎぬ」

数馬の懸念に、本多政長が告げた。

「さて、本日は急に呼び出して、すまぬことである」

本多政長が本題へ入った。

「いえ。藩老のお召しとあれば、参上するのになんのためらいも要《い》りませぬ」

礼には礼で返す。数馬は不意の呼びだしも気にしていないと述べた。

「そう言ってもらえると助かる」

もう一度礼を述べた本多政長が背筋を伸ばした。

「瀬能、昨今の騒動について、そなたの存念を聞かせよ」

筆頭家老の口調になって本多政長が質問した。

「騒動とは」

数馬はわざとわからぬ振りをした。本多政長の言っているのが、藩主綱紀を五代将軍として徳川へ差し出すとのことだとはわかっている。しかし、本多政長はそう匂《にお》わせただけで口にしていない。つまり、本多政長がどのような答えを求めているのか、わからないのだ。うかつな返答は数馬の立場を危ういものにしかねなかった。

「ふむ」

本多政長が顎《あご》に手を当てて、じっと数馬を見つめた。

「藩主公を御上のご養子として迎えたいと、内々ながら、大老酒井雅楽頭さまからお話があった。それについては存じておるな」

「噂《うわさ》ていどでございまするが」

藩から家臣たちへ通達があったわけではない。人持ち組以上の重職でない限り、説明を受けてはいなかった。数馬は無難な答えを返した。

「……瀬能、そなたは何代目だ」

「徳川家の臣として六代、加賀へ参って三代でございまする」

「未《いま》だ三河以来の家柄にこだわるか」

本多政長が目を細めた。

「前田の臣となって何代目だとのお話でございましたら、三代とお答えしましたが」

数馬は悪びれなかった。

「そうであったの」

ふっと本多政長が表情を緩めた。

「さて、あまり無駄にときを費やすわけにもいかぬ。そなたは、藩主公が将軍となられるについて、どう考える。心配せずともよい。ここでの話は、儂のうちに秘め、誰にも漏《も》らさぬ。今後の不利益もない。約束いたす」

本多政長がもう一度問うた。

「……では」

そこまで言われては拒めない。数馬は口を開いた。

「反対でございまする。藩主公を人質に差し出した例はございませぬ。他藩への聞こえもどうかと」

数馬は反対した。

「なるほどの。言うとおり、他藩は陰で当家を嘲笑《あざわら》うだろうな」

将軍を出す。武家でこれほどの名誉はなかった。今までは徳川家だけに許された栄誉であった。だから、誰も不満を口にしなかった。なにせ、天下を統一し、諸大名を従えたのは、徳川家の初代家康だったからだ。それが、家康の血を引くとはいえ、外様の大名から将軍が出る。これは、他の大名たちにも夢を持たせる結果となる。徳川の娘を嫁にもらい、子を産ませた大名たちすべてに資格があると証明したにひとしい。

徳川家の姫を嫁に迎えた大名は前田家だけではない。家康の娘をもらった奥平《おくだいら》家、池田《いけだ》家はその血を当代に受け継いでいる。とくに秀忠の娘を正室に迎えた越前松平家などは、男系も女系も家康に繋《つな》がっていた。ただどれも傷があった。

「まあ、選ばれなかった不満は口にできまいがな」

本多政長が小さく笑った。

奥平は譜代大名である。すなわち、徳川の家臣なのだ。家臣を主にするわけにはいかない。池田は外様だが、鍵屋《かぎや》の辻の仇討《あだう》ちで有名な騒動を起こしている。越前松平にいたっては、二代藩主が咎めを受けて一度改易されていた。

「己に栄誉が来ず、他家に行った。口では祝っても、肚のなかでは妬心《としん》がうずまく。それが人というものだ。さすがにあからさまな悪口雑言《あっこうぞうごん》を浴びせられることはないだろうが、陰湿な陰口や、皮肉は覚悟せねばなるまい」

本多政長も認めた。

「武士にとって名誉は命に替えがたいものでございまする」

「おぬしが言うと、真に迫るな」

「侮《あなど》られるおつもりか。いかに本多さまとはいえ……」

「すまぬ。言い過ぎた」

顔色を変えた数馬へ、本多政長が頭を下げた。

天下の武家でもっとも名誉あるのが、将軍直属の家臣である旗本であった。瀬能家は、二代将軍秀忠の命《めい》で、その名誉ある旗本から、加賀藩士へと身分を落とされたのだ。本多政長は、瀬能家の触れてはいけない琴線を鳴らしたのであった。

「…………」

謝罪されては、それ以上怒るわけにはいかない。憮然《ぶぜん》とした表情で、数馬は口を閉じた。

「詫びといってはなんだが、儂の考えも披露しておこう。本音は、まだ、誰にも申していないことだ」

「……よろしいのでございますか」

筆頭家老の意見を最初に聞かされる。瀬能家の身分ではあり得る話ではなかった。

「儂もな、殿は将軍となられるべきではないと思う。理由は前田家の内紛をもたらすだけで、藩にとってなんの利点もない」

「…………」

「これは、先日の人持ち組頭の集まりでも話した。まあ、表向きだ」

「えっ」

あっさり建前だと言った本多政長に、数馬は唖然《あぜん》とした。

「本音は潰されたくないゆえ、藩主公の将軍就任に反対する」

「潰される……」

数馬が首をかしげた。

「もし綱紀さまが将軍となられたら、我らはどうなると考える」

本多政長が尋ねた。

「せいぜい外様からご一門へと家格があがるくらいで変わりないのではございませぬか。新しい藩主公を戴いて、存続する」

「やはりそうか。そうとるのが普通か」

大きく本多政長が嘆息した。

「違うと」

「ああ。儂はそれほど幕府は甘くないと思っておる」

「甘くない、でございますか」

本多政長の言葉を数馬は理解できなかった。

「のう、瀬能よ。御三家や甲府公、館林公を差し置いて、藩主公を将軍に迎えるなど、いかに大老といえ、一人できると思うか」

「酒井雅楽頭さまは下馬《げば》将軍と呼ばれるほど、お力をお持ちとか。他のご老中方では逆らえないと聞きましたが」

金沢へ来てから疎遠《そえん》となっているが、瀬能の一族は旗本に何人もいる。江戸の噂はわずかながら耳に届いていた。

「酒井雅楽頭の力は強い。だが、それだけで外様大名を将軍にするという驚天動地のことを為《な》し遂《と》げられはせぬ。御三家、譜代衆の反発を受ければ、いかに大老といえども無事ではすまぬ」

「たしかにさようではございますが、では、どなたさまからこのお話が出たのでございましょう」

「大老を動かせるのはどなただ」

「……まさか」

「そうだ。上様しかおられぬ」

絶句する数馬に、本多政長がうなずいて見せた。

四

衝撃から立ち直った数馬は言った。

「上様はお悪いと」

「だからだと儂は思うのだ。人は天寿を知ったとき、なにをせねばならぬか。それが親ならば、吾《わ》が子のためになにを遺《のこ》せるかとなる。では、子のおられぬ上様は、なにを遺される……」

数馬の答えを待つように、本多政長が間を空けた。

「……わかりませぬ」

跡継ぎの子供がいないという点だけは共通していても、将軍と外様の家臣では違いすぎる。数馬は首を振った。

「瀬能、今死ぬとして、そなたなにを遺せる」

「……家でございましょうか」

数馬は答えた。

「そうだの。武家は家があって初めて武家たる。瀬能の血筋は絶えても、養子を取れば名前は残る。では、その残った名前は誰のものだ」

「それは……」

「おぬしのものだ。よく、若いのに養子を迎え、家を続かせた。そう、世間はおぬしを褒《ほ》め称えよう。それだけ武家にとって家を続かせることは重要である」

「それはわかりまするる」

「ならば、察せられるはずだ。上様のお考えが」

「……………」

「鋭いのか鈍いのか、よくわからぬな、おぬしは。では、話を変えよう。将軍家のお仕事とはなんだ」

「天下の政と答えれば、まちがいだと言われますな」

「ふん」

おもしろそうな顔を本多政長がした。

「となれば……代を継ぐことでございますか」

「そうだ。上様第一のお仕事は、次の将軍をお作りになることである。しかし、御当代の上様にはお子さまがおられない。失礼ながら、このままでは、上様はなにもなされなかったお方として、徳川千年の歴史に埋もれられよう」

「本多さま」

さすがに批判が過ぎると、数馬は注意した。

「誰も聞いてはおらぬわ」

本多政長が鼻先で笑った。

「子のない将軍が、次代に遺せるもの。それは、安寧《あんねい》と吾が名だけ」

「安寧……」

名前はわかる。男は誰でも、後世に名前を残したいと思っている。だが、安寧などという漠然としたものをどうやって遺すのか、数馬にはわからなかった。

「安寧を遺すには、どうすればいいか。不安を取り除けばいい。わかりやすく言えば、路傍《ろぼう》で転がっている石を思い浮かべろ。気を付けていれば、どうということはないが、油断していると足を引っかけて転ぶ。そして転べば、思わぬ怪我《けが》をするかも知れぬ。ならば、そうなる前に取り除けばいい。そうであろう」

「たしかにそうでございますが……」

数馬には本多政長の言いたいことが読めなかった。

「天下も同じよ。今は安定しているように見える幕府ではあるが、未来永劫そうだとはかぎらぬ。歴史を紐解《ひもと》けば、簡単にわかる。鎌倉も室町も代は重ねたが滅《ほろ》んでいる」

「徳川の天下もいつかは滅ぶと」

江戸で目付あたりに聞かれればただではすまないことを、本多政長に釣られた数馬は口にしていた。

「生者必滅会者定離《しょうじゃひつめつえしゃじょうり》は世の理《ことわり》である。これぱかりは、天下人といえども変えられぬ。滅びは止められぬのだ。ただ、滅びを遅くすることはできる」

「それが路傍の石を取り除くことだと」

少しだけ数馬は本多政長の話を理解した。

「うむ。おそらく家綱さまは、死期をさとられたのだろう。直系による継承をおこなえなかった代わりに、幕府百年の安泰を残そうとされた」

「百年の安泰」

「そなたは知っておるか。慶安《けいあん》の役を」

「あいにく」

数馬は知らないと言った。

「幾つだ、おぬしは」

「今年で二十三歳になりまする」

問われて数馬が答えた。慶安四年（一六五一）に起こった一件は、二十九年前のことであり、数馬はまだ生まれてさえいなかった。

「三つ下か……」

「なにか」

聞き取れなかった数馬が尋ねた。

「いや、なんでもない。話がそれたな」

本多政長が、手を振った。

「慶安の変は、軍学者由井正雪を中心として起こった浪人者の謀叛だ。浅草煙硝蔵《えんしょうぐら》を爆破することで、江戸を混乱させ、その隙に乗じてお城へ侵入して、上様と老中たちを殺害する。と同時に駿河《するが》の東照宮《とうしょうぐう》を襲い、神君家康さまの遺された宝を奪い、軍資金を確保、京では、御所を抑え、朝廷から徳川追討の詔《みことのり》を出させる」

「壮大な……」

計画だけを聞けば、かなり大がかりでうまくいくように思えた。

「あいにく、一味から訴人が出てな。あっさりと計画は頓挫《とんざ》。由井正雪は自刃《じじん》、関係者は磔《はりつけ》獄門《ごくもん》となった」

「めでたいことでございまするな」

「ああ。ことは未然に防がれた。とはいえ、家綱さまにとって、この一件は衝撃でござったろう。父家光さまがなくなり、徳川家の当主を受け継いだ途端に謀叛だ。まだ十一歳と幼かった家綱さまはどう思われたであろう。おぬしならどう感じる」

「……わたくしならば、己は将軍に向いていないと落ちこみまする」

思ったことを数馬は口にした。

「儂でもそう思うな」

本多政長が同意した。

「上様は、そのときの衝撃をずっと引きずっておられよう」

「…………」

反論しないことで、数馬も本多政長の意見を認めた。

「わかるか。嫡男《ちゃくなん》による相続、もっとも安定した継承にもかかわらず、騒動は起こった。しかも、今回は傍系から跡継ぎを迎えねばならぬ。なにかあると考えられてもしかたないであろう」

「……はい」

数馬は納得した。

「なにかある。それが先ほど申した路傍の石」

一度本多政長が言葉を切った。

「そして……加賀藩と儂が石なのだ」

「なにをっ」

数馬は驚愕《きようがく》した。

「加賀藩が幕府にとって最大の脅威《きようい》であることはわかろう。唯一百万石をこえる大藩であり、その藩主は徳川の血を引いている。伊達と並んで前田は幕府の敵」

「薩摩や毛利ではございませぬのか」

本多政長の言いように、数馬が異論を挟んだ。

「薩摩は江戸へ至るに遠すぎる。大坂へ着く前に息切れするだろう。毛利には天下を狙うだけの力がない。上杉もだ。残るは、江戸の背後を襲える伊達と、前田だ。そして、伊達より加賀が有利なのは、江戸への進軍を止められるだけの力を持った徳川一門や、譜代がない。伊達と江戸の間には水戸や館林があるのにな」

「…………」

大きくなりすぎた話に、数馬は言葉を失った。

「そして伊達と前田の最大の違いが、本多よ」

頬を本多政長がゆがめた。

「どういうことでございましょう。本多家は徳川にとって格別な家でございましょう」

数馬が素直に訊いた。

「格別な。たしかにそうだ」

本多政長が苦い笑いを浮かべた。

「念のために申し添えるが、同じ名字ではあるが、本多忠勝さまと、我らはかかわりがない。それをふまえたうえで、思い出してくれ。吾が祖父本多正信の一族がどうしているかを」

「本多佐渡守《さどのかみ》さまの血を引かれたご一門……」

考えたが、数馬は思いあたらなかった。

「わかるまい。もう残ってないからな」

口の端を本多政長がゆがめた。

「祖父本多正信には三人の男子があった。長兄が正純《まさずみ》、次兄が吾が父政重、一番下が忠純《ただすみ》だ。長兄正純が、正信の後を継いで宇都宮藩十五万石の大名であった。しかし、二代将軍秀忠さまを謀殺しようとしたとの疑いで改易になった。別家した三男忠純は、下野榎本《しもつけえのもと》二万八千石の大名だったが、家臣によって殺された。跡継ぎが早世していたこともあり、榎本藩は断絶」

「…………」

数馬は息を呑んだ。

「ということで、本多正信の血を引きながら、なんとか生き残っているのは、ほぼ儂だけという有様なのだ」

「なんという……」

「狡兎《こうと》死して走狗《そうく》烹《に》らるの典型だな」

呆然《ぼうぜん》とする数馬へ、本多政長が淡々と言った。

「なぜ本多正信の係累《けいるい》はここまで少なくなったのか。わかるな」

「先ほどの直江状が答えでございますな」

数馬が答えた。

「気づいたか」

満足げに本多政長がうなずいた。

「我が祖父本多正信は、やりすぎたのだ。家康さまを天下人にするためとはいえな」

本多政長が力なく笑った。

「……天下人が決してしてはいけないことを、おぬしは知っているか」

「……天下人がしてはならないこと……」

質問の答えを数馬は出せなかった。

「謀叛と卑怯《ひきょう》未練な振る舞いだ」

本多政長が告げた。

「謀叛はわかるな。いかに天下を狙うためとはいえ、主君に叛《はん》してはならない。なぜならば、天下を取った者は、かならず謀叛を禁じる。だが、己がやっておきながら他者にするななどと噴飯ものだ。謀叛で作られた天下はかならず謀叛で滅ぶ。因果応報というやつだな。そんな天下が安寧なわけはない」

「はい」

「もう一つが卑怯未練だ。生き残るために戦場から逃げ出すのは別だぞ。軍勢は総崩れになろうとも、主君さえ生きていれば復活はなる。織田信長どのの金《かね》ヶ崎《さき》の合戦を見ればわかる」

　金ヶ崎の合戦は、信長最大の危難であった。朝倉《あさくら》を攻めた信長の背後を寝返った義弟浅井《あざい》長政《ながまさ》が襲った戦いで、信長は軍勢を捨て、わずかな供回りだけを連れて脱出、無事京へ帰り着いた。後日、裏切った浅井は朝倉とともに信長の手で滅ぼされた。

「では、どのような手がよくないのか」

「大坂の陣でございましょう」

「そうだ。和睦《わぼく》の条件を最初から無視した。あれでは、騙《だま》すために和睦したと取られる。天下人にとってなくてはならぬ信義を失う行為だ。それをやったのは、祖父佐渡守正信」

「福島正則どのの改易もそうであったかと」

「知っているか。あれは伯父上野介《こうずけのすけ》正純の仕業だ」

　少しだけ苦い笑いを本多政長が浮かべた。

　関ヶ原で家康に味方した福島正則は、安芸《あき》一国と広島城を与えられた。豊臣秀吉の遠縁にあたり、秀頼の盾《たて》となるべきであったが、福島正則は徳川にしたがい、大坂の陣にも出た。そして豊臣家が滅んで天下が完全に徳川のものとなったとき、豊臣恩顧《おんこ》の大大名は邪魔になる。福島正則もその一人であった。

発端は広島城の石垣の一部が水害で崩れたことにあった。幕府の決まりに従い、城の修復願いを出した福島正則に、本多正純が罠《わな》を張った。「福島さまは、格別なお方。わたくしが手配をしておきますゆえ、どうぞ」と本多正純は修復を認めた。老中である本多正純が許可を出したのだ。安心して福島正則が修理をしたところへ、無断との咎めが来た。「すでに本多どのには届け出してある」と抗弁したが、届け出は老中ではなく幕府へ出さなければならないとの正論で返され、城地を奪われた。

「本多家は徳川の裏側を担当してきた。そのおかげで十五万石という、譜代のなかでは井伊家に次ぐ大領を与えられた。それは、家康さまの天下が落ち着くまでだけだった。天下が世襲制となったとき、血筋にもとめられるのは正統だ。正統の継承に闇は不要」

「本多家は徳川の裏側を知りすぎていた」

「そうだ。直江状の控えもそうだ。実物が来る前に、あのような下書きがあり、すでに内容を家康さまは知っていたとなれば、激怒した家康さまの態度は嘘《うそ》になる」

天下を取るには、いろいろと闇の部分も要る。

「清廉潔白でなければならない天下人にとって、徳川家の闇のほとんどを受け持っていた本多家は、ことが終われば不要。闇は光の前で消え去らなければならない」

「そんなことで、功績ある家臣を……」

「それが政だ」

一言で本多政長が言い捨てた。

「では、なぜ我が本多家が生き残ってきたか。それは陪臣だからだ。徳川将軍にとって、陪臣は相手にすべきではない。目通りさえできぬのだ、気にすることなどない。神君の軍師とまで言われた本多正信の孫が、路傍の石扱いだった」

本多政長が自嘲《じちょう》した。

「それでよかった。このまま堂々たる隠密と陰口を叩かれながら、百年かけて加賀に溶けこんでいけばな」

「…………」

「だが、家綱さまが気づいてしまった。路傍の石に。前田家という大きな石の隣にある小さくとも尖《とが》った石に」

「陪臣……そうか。陪臣を咎めるには、まずその陪臣の主君に話を持ちかけなければならない」

これは決まりであった。数馬の言うように、家臣に罰を与えられるのは主だけである。とくに天下人ともなると、ものの数でもない陪臣の相手をするわけにもいかないのだ。

「当然、なぜ罰しなければならないかの説明が要る」

数馬が本多政長の目を見た。

「うむ。しかし、説明はできぬ。ならば、どのような無茶でもとおるようにすればいい。主君ならば、家臣を気に入らぬとの理由だけで咎められる」

「綱紀さまを将軍として迎え、加賀藩士すべてを徳川の臣とすれば……」

「我が本多家は譜代大名だ。それこそ、どうにでもできる。立派な理由が欲しければ、治世の難しい領地へと転じればいい。一万石でも加増してやれば、左遷ではなく、栄転だ。そこで領民に一揆でも起こさせれば……」

「改易できる」

本多政長が言わなかった末尾を数馬が受けた。

「そうだ。幕府は加賀百万石と能登という湊《みなと》を手にするだけでなく、本多正信の血を断たせることができる。一石三鳥だ。じつにうまい手を考えたものだ」

「では、殿はそれに踊らされておられる」

「どうであろう、綱紀さまは、若いができるお方だ。しっかり見抜いておられよう。もし浮かれているだけならば、先日の書状は前田直作の出府ではなく、将軍になるという内容だったはずだからな」

「書状……」

数馬は首をかしげた。

「ああ、その件で、おぬしを呼んだのだった。昨日、殿から前田直作を江戸へ召喚するとの書状が届いた。それには追加があってな、一人藩士を伴えと記されていたのだ。そこで前田直作どのに誰がよいかと問うたら、瀬能、おぬしを挙げた。ずいぶん、前田直作どのを助けていたようだな」

「ご存じでしたか」

説明した本多政長へ、数馬は苦笑した。

「それでな、呼んだわけだ。もし、おぬしが殿を将軍にすることで、幕臣への復帰を願っているようであれば、困るからな」

「困る……」

「前田直作どのが、本心から綱紀公の将軍就任を勧めていると思うか」

「そうとしか見えませぬが……」

「儂にもそう見える。だが、そんなに単純な家ではない、前田直作どのの家はな。まあ、他人の肚の内は類推するしかない。そして、それが正しいとはかぎらぬ。変に推察してそれに縛《しば》られては、まっすぐものが見えなくなる。前田直作どのの真実はおぬしが江戸までの間に見きわめるが良い」

本多政長が話を締めくくった。

「ということは、前田さまの供をして江戸へ行くのは決定だと」

「主命だ」

「承知いたしましてございまする」

そう言われては、断れなかった。

「今日はわざわざ来てもらって悪かった」

口調を柔らかいものへと本多政長が変えた。

「いえ」

数馬は首を振った。

「どうだ」

不意に本多政長が口にした。

「えっ」

なにを訊かれたのかわからなかった数馬は、間の抜けた返事をした。

「気に入りましてございまする」

鈴を転がすような声が、隣室からした。

「入ってこい」

「はい」

「……………」

ようやく数馬はさきほどの問いが、己に向けられたものではないと気づいた。

静かに襖が引き開けられ、見事な内掛けを身につけた若い女が姿を見せた。

「娘の琴《こと》だ。一度縁づいたが、ゆえあって実家へ戻された。今年で二十六歳になる」

本多政長が紹介した。

「琴でございまする。瀬能数馬さまには初めてお目もじをいたしまする」

にこやかに琴が微笑《ほほえ》んだ。

「……瀬能数馬でござる」

その華やかさに、数馬は一瞬気を奪われた。いや、伸びやかな肢体《したい》、美しい顔つきに見とれた。

「さて、瀬能。琴をもらえ」

本多政長が告げた。

第四章　藩の顔

一

家綱の体調が思わしくないことは、すでに天下に知られていた。

だが、将軍は唯一無二であり、武神の体現なのだ。その寿命を口にすることは、はばかられた。うかつにしゃべれば、命を失う。医師でさえ、ご不快のよしと言葉をごまかしていた。

とはいえ、幕府の定めた月次登城だけでなく、毎日誰かしらが将軍へ目通りをしているのだ。家綱の顔色や声の張りなどでその状況は一目瞭然《いちもくりようぜん》であった。

「次の上様はどなたか」

当然、城中であからさまに語られることはないが、大名の屋敷、役人たちの集まりなどで密かに話される機会が増えていた。

天下の遊郭吉原《よしわら》では、おおっぴらな話題とされていた。

「上様にはお世継ぎがおられない」

家綱の正室伏見宮顕子《ふしみのみやあきこ》内親王は、乳がんを発症し数年前に身罷《みまか》っている。

「側室方に懐妊の兆候もない。これは大奥へ出入りしている医師から確認を取っている」

「となれば、候補はお二人となるな」

集まっているのは、各藩の留守居役《るすいやく》であった。

留守居役は、国元へ帰っている藩主に代わって、幕府や他藩との交渉を担《にな》う役目である。藩邸の藩政を司《つかさど》る用人と並んで、重要な役割を果たしていた。

それがいつのころからか、酒を飲み、飯を喰《く》い、女を抱くのが仕事になっていた。

これは、幕府がなにを考えているかを調べるために、老中や若年寄などを接待したことに始まった。幕府の機嫌一つで藩が潰《つぶ》される。何処《どこ》か遠いところへ飛ばされる。お手伝い普請《ふしん》という名前の、賦役《ふえき》を押しつけられる。これらを防ぐためには、公式に発表される前に、それを知り、手をうつしかないのだ。そして秘事を知るには、飲み食いをさせ、女を抱かせて口を軽くするのがてっとり早い。

こうして留守居役たちの行動は正当となり、いつの間にか浪費することが仕事になっていた。

「お二人といえば、館林《たてばやし》の綱吉さまと甲府の綱豊さまか」

一人の留守居役が確認した。

館林綱吉は、将軍家綱の弟である。

そして甲府の綱豊は、家綱の甥《おい》にあたる。綱豊の父綱重は、家綱の弟で綱吉の兄だが、すでに亡くなっていた。

四代将軍家綱に世継ぎがない今、血筋からいって、この二人がもっとも五代将軍に近かった。

「そうだが……」

三人のなかでもっとも身形《みなり》の良い留守居役が、声を潜《ひそ》めた。

「ご大老酒井雅楽頭《うたのかみ》さまの意中には、別のお方がおられるそうだ」

「まことでござるか」

「それは」

二人の留守居役が驚愕《きようがく》した。

「うむ。じつは五日前に、酒井雅楽頭さまの御用人さまと酒食をともにいたしたのだがな」

「ご大老さまの御用人さまと」

「……………」

幕府の役人でさほどの身分ではない者ならば、直接会うこともあるが、留守居役が接待するのは、同格の留守居役がほとんどであった。

それが大老の用人と会った。用人は家老の次席といっていい。藩邸すべてを把握するだけでなく政《まつりごと》にもかかわる重職であった。それだけにそうそう会える相手ではない。なにげない自慢に、二人の留守居役が唖然《あぜん》とした。

「井藤《いふじ》さまとおっしゃる御用人さまと、意気投合いたしましてな。そのとき、拙者《せっしゃ》にだけとお話をくださったのでござる」

「田宮《たみや》どのだけに……」

「どのような」

二人の留守居役が、じっと田宮を見つめた。

「……………」

田宮が口をつぐんだ。

「……本日のお支払いをもたせていただこう」

「ならば、拙者は次回を」

条件を二人の留守居役が出した。基本として同格の留守居役同士の会合は、割勘定《わりかんじよう》であった。ただし、情報をもらうときやなにかしらの便宜を求めるときは、接待側の負担となる。

「そのていどでは、ちと足りぬと思いますがな」

不満を田宮が述べた。同格の今回の支払いは、本来三分する。そのための費用はすでに勘定方《かんじようかた》から出ている。そう、支払わなくてよくなれば、その分の金を懐《ふところ》に入れられる。だが、それでも合わないと、田宮は首を振った。

「では、それと別に貸しを一つでどうであろうか。よろしいか、西村氏《にしむらうじ》」

「けっこうだ、北川《きたがわ》どの」

二人の合意をあらたな条件として、留守居役たちが田宮に提示した。

「それぞれに貸し一つ。それならば、よろしかろう」

貸しとは、無償での情報提供を約することである。当然、情報を得るためにかかる費用はなくなり、それだけ田宮の懐に金が入った。ようやく田宮が納得した。

「前田さまらしい」

「なにっっ」

「ううむう」

田宮の答えに、二人の留守居役が息を呑《の》んだ。

「外様《とざま》でござるぞ」

「御三家でさえない……」

「前田さまは、二代将軍秀忠さまのお血筋でござる」

信じられないという二人に、田宮が言った。

「たしかにそうでござるが」

疑問の払拭《ふっしょく》にはいたらないと西村が首を振った。

「なぜ、前田さまなのかがわからねばなあ」

北川も同意した。

「上様の嫌がらせではないか。なにせ、上様は二人の弟君をお嫌いだそうだ。跡継ぎのない上様へ、甲府公と館林公ともに吾《われ》を養子にと、ことあるごとに迫られたと聞くぞ」

「…………」

一層《いっそう》声を潜めて、田宮が告げた。

「……ごくっ」

西村と北川が言葉を失った。

「昨日、前田さまの留守居役さまと会食をいたしました」

田宮が勝ち誇《ほこ》った。

「早い」

北川が感心した。

「で、いかがでござった」

身を乗り出して西村が問うた。

「これ以上はお話しできませんな」

肝心のところで田宮が拒否した。

「さて、話はこれほどにして、飲みましょうぞ。おい、妓《おんな》ども」

田宮が手を叩《たた》いて、吉原の遊女を呼んだ。

「申しわけないが、拙者はこれで失礼する」

西村が辞去した。

「拙者もこれにて。田宮どのは、ごゆるりとなされよ。本日の勘定は、いかほどでもわたくしがお支払いする。では」

追いかけるように北川が出ていった。

「やれやれ、せわしないお方たちだ」

一人残された田宮が嘆息した。

前田家ほどの規模となると留守居役も数名いる。

「どこから漏《も》れた」

連日どころか、朝昼晩と他藩の留守居役から面談を求める使者が引きも切らないのだ。留守居役たちは、焦《あせ》っていた。

「表沙汰《おもてざた》にできることではないと、わかっていたはずだ」

人の出入りが激しすぎる。すぐに事態は江戸家老の耳に届いた。加賀《かが》藩には、横山玄位《はるたか》以外にも江戸家老が三人いた。人持《ひとも》ち組頭《くみがしら》の横山家は加賀藩の顔としての役目を主としており、細々とした実務は人持ち組や平士から抜擢《ばってき》された家老が担当していた。

「誰が漏らした」

「…………」

江戸家老村井次郎衛門《むらいじろうえもん》の怒りに、留守居役たちは沈黙した。

「小沢、そなたか」

「とんでもないことでございます」

「六郷《ろくごう》」

「違いまする」

名指しされた留守居役が必死で首を振った。

「名乗りあげぬというのだな。わかった。横目《よこめ》に調べさせる。それで、判明した場合は、重い罪に問うからの」

言い捨てて村井が留守居詰め所から出ていった。

「横目はまずい」

苦い顔で小沢が漏らした。

「貴殿か、漏らしたのは」

六郷が問うた。

「違う。決して儂《わし》ではないが……」

小沢が口籠《くちご》もった。

「なるほどな」

様子から六郷が理解した。

「おぬしも同じであろう」

「…………」

指摘されて六郷が黙った。

留守居役は、使い放題とまではいかないが、かなり金について優遇されている。なにせ、幕府の中枢を接待することもあるのだ。他聞をはばかる相手も多い。当然、いつどこで誰と飲んだ、誰を吉原に連れて行ったなどを証拠として残すわけにはいかない。請求されただけ、勘定方は金を支払っている。嫌みの一つや二つはつくにしても、金を好きなようにできるのはたしかであった。とくれば、多少、己《おのれ》のために融通することもある。外泊を一々届けなくていいとの特権もある。それを利用して、町屋に妾宅《しょうたく》を構えている者もいた。

「よくないな」

六郷が口にした。

「ご一同、このままでは、全員がなんらかの罪を得ることになりましょう」

小沢が留守居控えにいた二人へ話しかけた。

「どなたかは存じませぬが、お名乗りいただけまいか。皆のためでござる」

「…………」

返答はなかった。

「無駄《むだ》でござろう」

一人の留守居役が首を振った。

「出ている者も二人おりまする。残っている者のなかに、いるとは限りませぬ」

「……しかし、ご家老さまのお怒りからして、もう横目へ命じられておりましょう」

余裕はないと小沢が述べた。

「横目を買収することはできませぬぞ」

監察である横目が不正に身を染めるわけにはいかなかった。それがばれれば、他職よりもはるかに罪は重い。処分は本人の切腹だけで終わらない。一族まで影響は及ぶ。だけに、横目に手心を期待することはできなかった。

「よろしいのか、貴殿は」

小沢が迫った。

「しかたございませぬな」

あっさりと留守居役が認めた。

「拙者も叩《たた》けば埃《ほこり》が出まする。横目に取り調べられれば、無事ではすみますまい。まあ、たいしたことをしたわけではございませぬ。少しだけ金を私《わたくし》したていど。せいぜいお役御免《ごめん》。されど、今回の話を漏らした者はそれですみますまい。幕府から咎《とが》められてもおかしくはないまねをしでかしたわけでございますからな。よくてお召し放ち。悪ければ、五箇山《ごかやま》へ流されて、凍死させられまする」

留守居役が言った。

五箇山は加賀藩の流罪先である。山奥にある五箇山の環境は劣悪のうえ、山の洞窟《どうくつ》を利用して作られた岩牢《いわろう》に監禁されるため、まず一冬持ちこたえる者はいなかった。

「たしかにの」

六郷がうなずいた。

「どれ、儂も身の回りの整理に入るか」

「おぬしたち……」

あっさりとあきらめた二人に小沢が絶句した。

「かなりまずいことがおありのようだな」

顔色をなくした小沢に、六郷が哀れみの目を向けた。

「たしかに貴殿は十年以上、留守居役にあった。五年の儂や、三年の伊吹《いぶき》どのより、いろいろござるのだろうな。まあ、十年よい思いをしたと思って、あきらめることだ」

六郷が冷たい声を出した。

「…………」

無言で小沢が立ちあがって出ていった。

「かなりまずいことがお有りのようだ」

「無謀なまねをなさらねばいいが」

残された二人が顔を見合わせた。

「しばらく外出を禁じる」

翌日、留守居役に禁足令が出た。横目を連れた江戸家老村井が、留守居詰《つ》め所に来て、命じたのである。

「よろしいのか」

村井の指示に、六郷が異を唱えた。

「この時期、他藩の様子を知れなくなるのは、いかがかと」

「むうう」

言われた村井がうなった。藩主公が五代将軍となるかどうかという重要なときである。少しの齟齬《そご》が、藩の致命傷となりかねなかった。

「決して、殿にかかわることは口にいたしませぬ。外泊もしませぬ。かならず、一日一度はご家老さまにご報告をいたしまする。いかがでございましょう」

留守居役の特権をすべて放棄すると六郷が言った。

「ふむ」

提案に村井が腕を組んで思案した。

「そういえば、小沢の姿が見えぬな」

一同を見渡した村井が気づいた。

「全員揃《そろ》っておくようにと言っておいたはずだが。おい、調べてこい」

村井が横目に指示した。

「はっ」

横目が駆けていった。

「……まだか」

小半刻《こはんとき》（約三十分）ほどで村井がいらつき始めた。

「わたくしが見て参りましょう」

六郷が腰をあげかけた。

「ならぬ。そなたたちはこの部屋から出るな」

村井が制した。

「……はい」

家老の剣幕に、六郷は素直に従った。

「ご家老さま」

さらに小半刻を経て、横目が戻って来た。

「いかがであった」

「屋敷内にはおりませぬ。家族も行方《ゆくえ》を知らぬと。月のうち屋敷で過ごすのは十日もなかったらしく、いなくとも気にしておらなかったようでございまする」

「なにっ。いないだと」

村井が大声を出した。

「ただちに確認を取りましたところ、昨夕七つ半（午後五時ごろ）に屋敷を出ていくのを、当番の門衛が見ておりました。急ぎ、下横目を市中に放ちました」

抜かりのない手配りを、横目はすませていた。

「逃げたな」

苦い顔を村井がした。

「おそらくは」

横目も同意した。

「心当たりのある者はおるか」

留守居役たちへ、村井が訊《き》いた。

「よく出入りしていた茶屋は、寛永寺《かんえいじ》前の稲生《いなう》でございまする」

「吉原では、山本屋弥右衛門《やまもとややえもん》方を利用しておりました」

口々に留守居役たちが答えた。

「人をやりまする。御免」

横目が村井の了解を取って、ふたたび離れていった。

「どうやら、漏らしたのは、小沢だったようだな」

「そのようなことをするとは、思いもよりませんでした」

独《ひと》り言《ごと》のように納得した村井へ、六郷が小さく首を振った。

「わたくしどもの疑いは晴れたと考えてよろしゅうございましょうか」

続けて六郷が問うた。

「いや。一人だけとはかぎらぬ。だが、それを調べている余裕はもうない。小沢がどこでなにを話すかわからぬ」

「たしかに」

村井の危惧《きぐ》を六郷も認めた。

「ご家老さま、わたくしどもをご信用いただきますよう。きっと藩のために尽力いたしまする」

六郷が平伏した。

「どうするというのだ」

村井が先を促した。

「小沢が不始末をしでかし、藩を放逐《ほうちく》されたことを報《しら》せまする」

「たしかにそれは急がねばならぬな」

提案を村井は了承した。

留守居役は、藩の顔である。諸藩の同役だけでなく、幕府の役人、藩出入りの商人などに、一定の信用をもっている。それこそ、加賀藩の内情や、偽《いつわ》りを流布《るふ》できるだけでなく、藩の名前で商人から金を借りることもできた。

「では、早速《さっそく》。ご一同」

同僚を促して、六郷が控え室を出た。

「お手柄でござる、六郷どの」

すぐ後ろにいた伊吹が、小声で語りかけた。

「これで、留守居役は今までどおりでございますな」

「今までどおりとは行きますまい」

それほど村井は甘くないと六郷は述べた。

「今回、どれだけ活躍できるか。それが明暗を分けましょう。ご一同、ぬかりなきように」

六郷が藩邸を後にした。

二

江戸への出府は大事《おおごと》である。

金沢から江戸まで、藩主参府で十二日かかるのだ。さすがに駕籠《かご》を仕立ててのんびり行くわけではないが、それでも六日から八日はかかる。着替えもあるていどは要《い》るし、雨に備えて合羽《かっぱ》の用意もしなければならない。

前田直作《なおなり》に選ばれ、本多政長から江戸行きを命じられた瀬能数馬《せのうかずま》は、その旅の用意をさせてもらえなかった。

「琴どの……」

本多政長から紹介された翌日から、琴が数馬の屋敷に来て、すべてを差配《さはい》するようになったからであった。

「数馬さまは、刀の手入れをなさっていてくださいませ」

琴がやわらかい表情で数馬を見ていた。

妾腹《しょうふく》で、一度縁づいているとはいえ、五万石の姫である。自ら動くことはなく、連れてきた女中たちを指揮しているだけで、じっと朝から晩まで、数馬の居室に滞在している。

「はあ」

言われなくとも、他にすることはないのだ。数馬は、常差しの太刀と脇差《わきざし》だけでなく、屋敷にある差し替えすべての手入れを終えてしまっていた。

「お茶でも入れましょう。佐奈《さな》」

「はい」

居室に入りはしないが、廊下で控えている琴づきの女中が首肯《しゅこう》した。

佐奈と呼ばれた女中が、軽い身のこなしで居室へと入り、琴姫が持参した野点《のだて》用の茶道具を用意した。

「わたくしが紀州《きしゅう》へ参りましたときも供してくれた者でございまする。お見知りおきくださいませ」

琴姫が佐奈を紹介した。

「佐奈と申しまする」

両手をついて佐奈が頭をさげた。

「瀬能数馬である」

数馬も応じた。

「なかなかに美形でございましょう」

微笑《ほほえ》みながら琴が言った。

「……………」

うなずけば、琴姫の機嫌を損ね、否定すれば佐奈に悪い。数馬は返答をしなかった。

「祖母が直江《なおえ》から嫁いできたときについてきた者の末で、加賀本多家累代《るいだい》の譜代の娘でございまする」

琴が説明した。

「ご信頼厚き者でございますな」

「はい」

数馬の言葉に琴が首肯した。

「姫さま」

佐奈が立派な茶碗に入れられた濃茶《こいちゃ》を点《た》て、琴に渡した。

「濃茶でございまするか」

数馬の母、須磨《すま》は、茶道を好んでいる。おかげで数馬も茶には親しんでいるが薄茶であり、苦いとしかいえない濃茶は苦手であった。

「どうぞ」

微笑みながら、琴が受け取った茶碗をあらためて数馬へ差し出した。

「馳走《ちそう》になりまする」

数馬は茶を含んだ。

「…………」

拡がる苦みに、数馬は顔をしかめた。

「苦手でございますか、濃茶は。数馬さまは、まるで子供のよう」

ころころと声をあげて琴が笑った。

「佐奈、白湯を」

「冷ましまするゆえ、しばしご猶予《ゆうよ》を」

茶釜の湯を空いている茶碗に移しながら、佐奈が言った。

「結構なお点前《てまえ》でございました」

飲み干して、数馬は作法通りに会釈をした。

「お粗末でございました」

琴も礼で受けた。

「わたくしのところへお見えなど、よろしいのでございまするか」

数馬は琴へ尋《たず》ねた。

身分が違いすぎる。数馬は言外に問題を含めた。

「父がそうするようにと申しました」

「琴どのはどうお感じでございましょう」

本多政長の意見ではなく、琴の気持ちを聞きたいと数馬は言った。

「わたくしでございますか」

少し琴が首をかしげた。

「…………」

三つ歳上《としうえ》の琴の幼い仕草に、数馬は一瞬見とれた。

「父の言葉にしたがうだけ……」

「そうでございまするな」

数馬も姫と呼ばれる女性《によしよう》がどういう育てられかたをするか、よくわかっていた。名家の娘は、その縁と繋《つな》がりを保つために在《あ》る。

「…………」

瀬能は前田家で微妙な扱いを受けている。石高は名門といえるていどにあるが、その出自《しゆつじ》のせいで、周囲からかなりの距離を置かれていた。事実、数馬の母須磨も加賀藩士の娘ではなく、越前福井松平の臣の家から嫁いできていた。

武家の婚姻《こんいん》とはそういうものである。家と家のものであり、個のことは最初から勘案されていない。数馬もわかっていたが、そこは男である。城下ですれ違ったなかに気になる娘がいた。だからといってどうしようもなかった。武家の娘はしっかりとした紹介がなければ、男と話をしたりしないのがたしなみである。逆もそうだ。武士はすれ違った娘に声をかけたりしない。ただ、道を行くとき、その娘と会ったところを次も通るようにするていどだったが、それも数馬の甘い思い出であった。

「ですが、その義理は果たしました」

「えっ」

一瞬、琴から思い出の娘に気をやっていた数馬は、言葉が続けられるとは思っていなかった。

「父の言うがままに十六で嫁ぎ、二十一で戻されました」

本多家もなかなかに立場の難しい家柄であった。五万石と老中をしていてもおかしくはない出自をもつが、身分は陪臣《ばいしん》、そう簡単に釣り合う婚姻相手は見つけられなかった。

政長の妻が二代加賀藩主前田利常の娘であるように、藩中で並ぶ者がなく、婚姻を交わす相手を探すのは難しい。かといって、娘をいつまでも家に置いてはおけず、琴は本多政長と友好を結んでいた徳川頼宣《よりのぶ》の仲立ちで、紀州《きしゅう》藩重職の嫡男《ちゃくなん》のもとへと嫁いでいた。紀州藩は徳川御三家の一つであり、その家臣は旗本と同じ扱いを受ける。といっても旗本格であり、陪臣である本多家と身分も同格と無難な婚姻であった。

また、徳川頼宣は、本多政長の素質を愛《め》で、年齢、身分をこえた友誼《ゆうぎ》を結んでおり、琴を吾《わ》が娘のようにかわいがってくれたというのも後押しした。その、頼宣が亡くなった。天下をくれと父家康に強請《ねだ》った戦国最後の武将の死は、紀州を格別な家から、ただの藩へと落とした。浪人由井正雪の乱の裏に頼宣がいたのではないかと、幕府に目を付けられていた紀州藩は、その死を契機に、幕府から睨《にら》まれる材料の払拭《ふっしょく》に邁進《まいしん》した。その一つが琴であった。宇都宮釣り天井事件で処罰を受けた本多正純の一門の血が紀州にあるのはよくないと、琴を離別し、送り返してきたのである。嫁いで六年になる琴が子を産んでいなかったことだけが唯一の救いであった。

「父が詫《わ》びてくれました。すまぬと。望む望まぬにかかわらず、本多の娘に生まれたことが、不幸となった。もう、本多の娘としての責務は果たした。あとは、好きにするがいいと」

琴の表情は、最初から変わっていなかった。にこやかなまま、琴は続けた。

「こちらに戻りましてからも、いくつか縁談はございました」

「でございましょうなあ」

数馬にもそれはわかった。

筆頭家老である本多家は、堂々たる隠密として警戒されながらも、家中第一の席次を持つ。さすがに人持ち組頭ともなると、しがらみもあり、すんなりといかないが、それ以外の人持ち組士にしてみれば、再婚ということで敷居の下がった琴は、本多家との繋がりを持ち、家中でのし上がっていく足がかりとしてちょうどいい。再婚、それも家風に合わずという女にとって不名誉な理由で離縁された二十六歳の娘ならば、多少家格が劣ろうとも、嫁に出す。そう考えた連中が、琴を欲しがっても不思議ではなかった。

「ですが、そのすべてを父は拒んでくれました。わたくしが望みませんでしたから」

「なるほど」

うなずきながら、数馬は疑問を感じた。

「では、なぜわたくしとの縁組を承諾されましたので」

「父が、おもしろいことになるやも知れぬと、数馬さまが来られるときに誘ってくれましたのでございまする」

琴が述べた。

「そう言って父は、わたくしを隣室に控えさせたまま、数馬さまを迎えました」

いっそう琴がにこやかな顔をした。

「どうして」

「退屈だったからでございまする」

さらに問う数馬へ、琴が告げた。

「五年、いえ、もう六年も屋敷に籠《こ》もっていたのでございまする」

琴が少しだけ口を尖《とが》らせた。

五万石でなくとも、筆頭家老の娘の外出となれば、どこでも行列となった。娘の乗った駕籠を中心に、女中、警固《けいご》の侍、荷物持ちの中間《ちゅうげん》とかなりの人数が要る。ちょっと気分を変えるために出てくるというわけにはいかなかった。

「あの父がおもしろいと申したのでございますよ」

「はあ」

数馬はどう返事していいかわからず、曖昧《あいまい》な相槌《あいづち》を打った。徳川の家臣から前田家へと経歴は同じだが、格が違いすぎ、今まで数馬は本多政長と話をしたことさえなかった。先日が初めての会談である。それをおもしろいことになると言った本多政長の本意もわからないし、喜んで盗み聞きする琴も理解できなかった。

「ご期待にそえたとは思いませんが」

「いえ。楽しませていただきました」

ふたたび琴が華やかな笑みを浮かべた。

「あの父と対等に渡り合われた」

「渡り合えたとは思えませぬ。あしらわれたというのが、正しいかと」

数馬は否定した。

「いいえ。他の方など、挨拶《あいさつ》と用件以外言えないのが普通でございますよ。それほど怖いとは思えないのですけど」

琴が首を振った。

「わたくしも同じでございました」

「…………」

まだ抵抗する数馬へ、琴が首をかしげた。

「最後まで逃げ出されませんでした」

琴の表情が真剣なものになった。

「そういえば……」

数馬は思いあたった。隣で聞いていたと琴は言った。それでいて動揺した様子がなかったのだ。それは、本多家の秘事を知っていたとの証明であった。

「ご存じだった」

「はい。本多正信の曾孫《そうそん》でございますよ、わたくしは」

当たり前だと琴が言った。

「家風に合わず……」

「……はい」

思わず漏らした数馬の言葉に、琴が首肯した。

「頼宣さまの亡くなられたのは、十年ほど前でござろう」

「はい。わたくしが十七のときでございました」

「波風を立てないための三年か」

「人が忘れるには十分な期間だとは思われませぬか」

数馬の独り言に、琴が応じた。頼宣が死んですぐに離縁しては、周囲の興味を引く。紀州は本多家とのかかわりを、ひそかに切りたかったのだと数馬は読み取った。

「三年以上子もできませんでしたから、理由としては十分でございましょう」

淡々と琴が言った。

「ご心配なきよう。わたくしが子を産めぬわけではございませぬから。と申しても証明はできませぬが」

琴がやわらかい声で付け加えた。

「頼宣さまがお亡くなりになった後、前夫は一度もわたくしの閨《ねや》には参りませんでした」

「……そこまで」

本多家の血を引く子供は、連座のおそれがある。お家大事というのはわかるが、そこまでせずともと数馬は思った。

「……初夜はすませてしまいました。今となっては無念でございますが、処女《おとめ》ではございません」

「あ、えっ」

続けて告げられた内容に、数馬は焦った。

「話がそれましたね」

落ち着かない数馬を、優しい目で琴が見つめた。

「おわかりでございましょう」

「先日の呼びだしは、見合いを兼ねていたと」

数馬が答えた。

「はい。わたくしのことを忌避《きひ》するような男、本多家との繋がりとしてだけ欲しがる男にくれてやるつもりはないと父は申しておりました」

琴が語った。

父親として当然の想いである。なれど、名門では、それがつうじない。家のためにという大義名分は個人の想いを押しつぶすだけでなく、それこそ正しいとされる。

「わたくしを試されたのでございますな」

「ご無礼を致しました」

ゆっくりと琴が腰を折った。

「それだけではございますまい」

数馬は声を厳しくした。

「わたくしが江戸へ行く。それとかかわりもある」

「さすがでございまする」

琴が感心した。

「江戸詰《づめ》になさるおつもりか」

「ほんにまあ」

指弾する勢いの数馬に、琴がうれしそうな顔をした。

「賢いお方は、好ましゅうございまする」

「な、なにを」

微笑みながら好きと言われた数馬がうろたえた。

「いつまでも父の負担になっていてはすまぬという思いもございました。父が亡くなったとて、兄もわたくしを粗略にはいたしませんでしょう。ですが、気兼ねはいたさねばなりませぬ。子供が産める間に、どこぞへ再嫁せねばと考えておりました」

「それで、わたくしと」

「はい」

琴が認めた。

「義務とまでは申しませぬが、いずれはいかねばと思っておりました。ですが、今は違いまする。わたくしは数馬さまが気に入りました」

「気に入った……」

「さようでございまする。あとは、数馬さまに気に入ってもらうだけでございまする」

呆然《ぼうぜん》としている数馬へ、琴が膝行《しっこう》で近づいた。

「女というのは、子を産む者でございまする」

「…………」

甘く耳元で囁《ささや》かれて、数馬が緊張した。

「そして……」

わざと琴が言葉を切った。

「産むかぎりは、よき殿方の子を孕《はら》みたい」

「……なにを」

あわてた数馬から、すっと琴が離れた。

「あっ」

喪失感を覚えた数馬が小さく漏らした。

「末永くよろしくお願いいたしまする」

琴が両手をついた。

許嫁《いいなずけ》とはいえ、まだ嫁ではない。琴は夕餉《ゆうげ》の前に瀬能家を辞去していった。

「数馬」

本多家へ帰っていく琴を見送り、自室へ戻った数馬を、真剣な表情をした母の須磨が待っていた。

「本当によいのですね」

「琴どのを嫁にすることでございますか」

「そうです」

須磨が首肯した。

「断り切れますまい。相手はあの本多どのでございまする」

「そういう対外の話を訊いているのではありませぬ。男として琴どのを嫁にできるかどうかと問うているのです」

「男として……」

意味をつかみかけた数馬が首をかしげた。

「好ましいと思っておりますか」

母が直截《ちょくせつ》に確認した。

「……それは」

数馬は詰まった。

「どうなのです」

「家と家の婚姻にそのようなもの……」

「逃げなさるな」

ごまかそうとした数馬を須磨が叱《しか》った。

「あなたが琴どのと婚姻する。これは、瀬能家の運命を変えまする。代々、有名無実な珠姫霊廟《たまひめれいびょう》の管理役を受け継ぎ、ときをかけて金沢に溶けこんでいくはずだった瀬能家が、表舞台へと出なければならなくなりまする」

「…………」

数馬もそれはわかっていた。本多の婿《むこ》となれば、人持ち組頭とまではいかなくとも、政に大きくかかわっていかざるを得ない。

「その覚悟をしていますか。今までのようなぬるま湯の毎日はなくなりまする。なにをしても本多の婿という名前がついて回る。すさまじい圧力を受けることもありましょう。そのとき、琴どのを嫁にもらわなければ良かったと思いませぬか。少しでも懸念があるならば、お断りいたしなさい。そのために瀬能家の禄《ろく》が半分になってもよろしい」

「覚悟でございますか」

「そうです。琴どのは覚悟をなされてますよ。五万石から千石、どれだけ生活が変わるかわかりますか。お付きの女中もほとんど暇を出さなければならない。出かけるための駕籠もない。なにより自ら台所を指揮し、子供もその手で育てるのですよ。御姫さまではいられなくなります。それをわかっていながら、琴どのは瀬能に来て下さるという。それはなぜ」

「…………」

先ほど琴が言った好きという言葉が数馬の耳に蘇《よみがえ》った。子供が欲しいと言った琴が見せた恥じらいの顔もまぶたに浮かんだ。

「あなたの決断が、美津の縁談にも影響します。瀬能をつうじて本多さまと繋《つな》がりたい方々が、美津に目を付けてくるでしょう。それが美津の幸せかどうか。それも含めて答えなさい。数馬、あなたは琴どののことを愛《いと》おしいと思っておりまするか」

もう一度母が質問した。

「はい」

今度は迷いなく数馬は肯定《こうてい》した。

「けっこうでございまする。美津のことは心配しなくてよろしい。琴どのが、悪くはなさいますまい。あのお方は敵に回せば怖ろしい」

須磨は琴の本質を見抜いていた。

「しっかりしなければ、生涯手のひらで踊らされることになりますよ」

微笑みながら、須磨が数馬を励ました。

「父上のようにでございますか」

数馬が言い返した。

「なにを申しておりますか。数臣《かずおみ》さまが早々と隠居されたのは、夫婦二人で茶の湯を楽しみたいからなのでございますよ」

母が艶然《えんぜん》と女の顔で笑った。

三

家臣の婚姻には、主君の許可が要った。とくに複雑な出自である本多家である。綱紀だけでなく、幕府への届け出もしなければならなかった。

いかに本多政長と瀬能数馬が婚姻に合意したとはいえ、それまでは仮約束でしかないのだ。

「江戸へ人はやっておいた」

旅立ちの前日、数馬は本多政長の屋敷へ呼び出されていた。

「お手数をおかけいたしまする」

「いや、吾が娘のことだ。礼は要らぬ。それよりも、苦労をかける」

本多政長が頭を下げた。

「娘が一人だったせいか、父がかわいがりすぎてな。ずっと側に置いていた。そのせいか、女だてらに策略なんぞを好んでしまった。紀州から帰されたのは、本多の裏もあるが、あれのな……」

最後を本多政長が濁した。

「昨日、琴が本性を見せたそうだな」

「………」

声を潜めた本多政長に、数馬は沈黙した。

「よほどおぬしのことを気に入ったのだろうよ。紀州では、夫が閨に来なくなって一年目に、手厳しい嫌みを言い、正体を現したそうだからな。嫁入りする前にかぶっている猫を脱ぐ。これは女の誠意だぞ」

「はあ」

曖昧な返答をするしか、数馬にはなかった。

「娘を頼む」

「わたくしのようなものでよろしいのでございますか」

数馬が念を押した。

「今さら駄目《だめ》だなどと言えるか。毎日帰ってくるたびに、今日は数馬さまがこのようなことをとか、旅のお守りとして、わたくしの香袋を荷物のなかに忍ばせましたなど、報告してくれるのだぞ。瀬能との婚姻は白紙に戻したなどと……とんでもないわ。儂は孫に囲まれた穏やかな老後を希望している」

本多政長が身震いした。

「婚約はした」

「ありがとうございまする」

はるかに格上の本多家との縁組みである。礼を言うのは数馬であった。

「ただし、婚姻はまだ先だ」

「承知いたしておりまする。殿の去就が定まってから、いえ、五代将軍家が決まられてからでございますな」

「うむ」

満足そうに本多政長がうなずいた。

「それまでは、手を出すな」

「……なにをっ」

「嫁入り前に娘の腹が大きくなっては、外聞が悪い。生まれる前に婚礼をと、身重の女に江戸までの旅をさせるわけにもいくまい」

本多政長が苦い顔をした。

「そのようなまね、いたしませぬ」

「おぬしは信用している。琴がな、江戸へついていけないのは不利だと……」

否定する数馬に、本多政長が告げた。

「よい殿方を捕まえるのは、女の戦《いくさ》などと言いおってな」

不安な表情を本多政長が浮かべた。

「…………」

ふたたび数馬は返答に困った。

「まあ、琴の話は置いておこう。それより、道中だが、危険であるぞ」

「承知いたしております。殿の命《めい》で、前田直作《なおなり》さまを金沢で害するわけにはいかなくなりました」

藩主前田綱紀《つなのり》が、何度も襲われた前田直作を守るために、家中へ触れを出したのだ。破れば、加賀藩から追放される。前田直作を邪魔だと感じている者も、心底の義《ぎ》侠《きょう》からではない。将来の出世などの思惑があるからこそ、賭《かけ》に出ているのだ。

「だが、道中では何が起こるかわからぬ。宿場はまだよいが、峠や人気のない街道では、野盗が出てもおかしくはない。道中で殺されても、下手人を探し出すことはできぬ」

「天領や他藩領ゆえでございますな」

数馬は理解していた。綱紀の命は、加賀藩内だけでしかつうじなかった。外様最大の加賀藩として、天領や他藩領でも格別の配慮は受けられるが、それにも限界はある。とくに治安や治世にかかわることへの口出しは面目にかかわる。

「持っていけ」

本多政長が袱紗《ふくさ》包《づつ》みを数馬の前に押した。

「これは……金子《きんす》」

袱紗を開いた数馬が目を見張った。

「切《き》り餅《もち》二つ。五十両もございまする」

数馬が本多政長の顔を見た。

「前田直作どのは、直情だ。おそらく、襲撃の覚悟はしているはず。当然、腕の立つ家臣を供《とも》とするはずだ。武家というのは変なものだ。武術に長《た》けた者は、気遣《きづか》いに欠けることが多い」

「金ですむことは、金ですませよと」

「そうだ」

意図を飲みこんだ数馬へ本多政長がうなずいた。

「余っても返さなくてよい」

「えっ」

数馬が驚いた。

千石取りの瀬能家の年収は玄米五百石である。玄米は精米すると一割目減りするため、実収は四百五十石、換金する米問屋の手数料などを差し引けば、金にしておよそ四百両ほどになる。これで、千石に課せられた軍制に従って士分、中間小者、女中などを雇ったうえ、身分にふさわしいだけの格を維持しなければならないのだ。借財はないが、余力など年に十両から二十両ほどしかない。ひとたび身内に病人でも出れば、蓄財など吹き飛んでしまう。

五十両は大金であった。

「金はもっておけ。女房に知られていない金は要るぞ」

本多政長がしみじみと言った。

「そうなのでございますか」

武家というのは金に無頓着《むとんちやく》なものだ。いや、金勘定などするものではないと教えられて育つ。欲しいものがあれば、家中の者に命じて買わせる。代金も、家中の者が支払うのだ。数馬もいままでそうしてきた。

「紙入れを出せ」

「はい」

言われて数馬は、懐《ふところ》から紙入れを出した。

「なかを見るぞ。小判一枚か」

受け取った本多政長が、数馬の持ち金を確認した。

「武家は外に出れば、いつ死んでもおかしくない。そのときに死に金がなければ恥をかくと、元服したときに父がくれました」

数馬が説明した。

「それ以来遣っていないのか」

本多政長があきれた。

「はい。金が要りようなことがございませんでしたので」

力なく数馬は返答した。

武家は所用がなければ出歩かないものだ。また、外食もしなかった。欲しいものは出入りの商人に持参させる。となれば、屋敷の外で紙入れを出すことはない。とくに、金沢は身分にうるさく、下級武士でも、屋台などで買い食いをしているのを横目付や下目付に見られれば、ただではすまなかった。

「江戸ではそうはいかぬぞ。江戸は良くも悪くも人が集まる。武家も多いが、庶民も数知れぬほどいる」

「はあ」

数馬は本多政長の話に気のない返事をした。

旗本の出とはいえ、数馬は生まれも育ちも金沢である。瀬能家は無役であり、その出自から、珠姫の墓所の管理を任される形をとっていたため、金沢から出ていなかった。

江戸へ思いを馳《は》せたことさえ、数馬にはなかった。

「行けばわかる」

本多政長は、三代将軍家光に目通りするため、出府した経験がある。一応、本多家は江戸にも屋敷を持っている。

「金沢は格式を重んじる。だが、江戸は人を見る。武家ならば、身分、石高、武芸の腕前などで判断するが、庶民は違う」

「庶民はなにで判断をいたしますので」

「金だ。金のあるなしで、庶民は人を遣える、遣えないに区別する」

はっきりと本多政長が告げた。

「金でございますか」

数馬はわかりきっていなかった。

「そうだ。金がなければ、大名でも馬鹿にする。それが江戸の民である。金の嵩《かさ》もそうだが、なにより金の遣いかたを知っているかどうかで、確実に態度が変わる」

本多政長が語った。

「遣いかた……」

「心付けを渡す、渡さない。渡すとしても先に出すか、後からやるか。そしてなによりも、どのていどの額を出すか。これがしっかりできていなければ、民どもに侮《あなど》られる」

「……わたくしにはできかねます」

無理だと数馬は言った。自前で餅一つ買ったことさえないのだ。それどころか、銭などほとんど手にもしていない。

「できぬとは言わさぬ」

厳しく本多政長が言った。

「今は許す。そうだな、江戸に着いて一月《ひとつき》の猶予《ゆうよ》をくれてやる。その間に、身につけよ」

「無茶でございまする」

高すぎる要求に数馬は手を振った。

「ならぬ。そのていどのことができずして、本多の一門とは言わせぬ」

「では……」

婚約は破棄いたしまするると言おうとして数馬はなんとかとどまった。

「それもわたくしの任だと」

「ふん。よくぞ、口にしなかった」

本多政長が褒《ほ》めた。しっかり本多政長には言えなかった内容を読まれていた。

「…………」

数馬は黙った。

「もし、口にしていれば……」

「していれば……」

「本多は、瀬能の敵になった」

「ごくっ」

感情のない声で言う本多政長に、数馬は息を呑んだ。

「まあ、その前に、琴が黙ってはおるまいが」

本多政長がにやりと笑った。

「あれをただの女だと思うなよ。一応、五万石の姫としてふさわしいだけの外見を取り繕《つくろ》ってはいるが、戦国一の悪辣者《あくらつもの》と言われた本多佐渡守《さどのかみ》正信の血を引いている。怒らせれば怖いぞ」

「気をつけまする」

数馬はそう答えるしかなかった。

「ぜひそうしてもらおう。儂は娘に引け目がある。琴の願いは断りにくいでな」

「…………」

願いの中身を数馬は想像するのを止めた。

「そなたはもう本多の枠に入っている。そして、世間もそう考えている」

「先ほどの使者は、それを見せつけるため」

「おぬしにしては、少し気づくのが遅いの。婚姻を願う使者は、殿のもとに出されるが、それは藩としての公式な文書として、城の右筆《ゆうひつ》が認《したた》める。当然、右筆は内容を知っている。だけではない。願いには家老の添え書きも要る」

本多政長が述べた。

「金沢の皆が知っていると」

「一日あれば、十分であろう。なにせ、堂々たる隠密《おんみつ》の出戻り姫が、千石の元旗本に嫁ぐのだ。今頃、二人寄れば、この話題であろうよ」

「乱破《らっぱ》の術」

戦国のころよく使われたのが、敵方に偽《にせ》の情報を流したり、噂《うわさ》を使って一揆を扇動したりする乱破の術である。とくに三河乱破は、天下に鳴り響くほど有名であり、その乱破衆を束ねていたのが本多佐渡守であった。

「初歩の初歩だがな」

笑いを浮かべて本多政長が認めた。

「心配せずともよい。指南役は用意してやる」

本多政長が手を叩いた。先日同様、音もなく隣室の襖《ふすま》が開き、今度は中年の侍が平伏していた。

「面《おもて》をあげよ」

「はっ」

本多政長の命で、中年の侍が背筋を伸ばした。

「林彦之進《はやしひこのしん》という。我が家中で勘定方をしている。金のことには詳《くわ》しいうえ、江戸詰の経験もある。この者を付けるゆえ、いろいろ学ぶがいい」

「初めてお目にかかりまする。林彦之進と申しまする」

「瀬能数馬だ。よろしく頼む」

歳上だが、林は本多家の家臣であるため、陪臣となる。綱紀の直臣になる数馬から見れば、格下であった。

「明日から連れて歩くがいい。心配せずとも、彦の禄は本多家から出す。というより、琴はくれてやるが、彦はやらぬ」

真剣な表情で、本多政長が告げた。

「それだけできると」

「ああ。おぬしも覚えておけ。当主などといっても人でしかない。目は二つ、手は二本しかないのだ。できることには限りがある。だが、領地を持ち、家臣を抱えていれば、政をしなければならぬ。年貢を集めるだけではなく、領民をどうするか、道を整備するか、それとも新田を開かせるか、遣える金のなかで最良の手を尽くさなければならぬ。それには、知らねばならぬことが無数にある。天候、地の豊かさ、水の流れ、人の気など、それだけでも一人では手に負えぬのに、さらに家老として藩政も見なければならない。足りぬどころではないぞ。それを補ってくれる者は貴重だ。能力はもちろん、さらに信頼できるものとなれば、それこそ得難い」

本多政長が力説した。

「林どのは、その数少ない御仁」

「うむ」

数馬の言葉に、本多政長が首肯した。

「畏《おそ》れ入りまする」

「では、よろしくお願いいたす」

主君の称賛を謙遜《けんそん》することなく、一礼した林彦之進に数馬は好意を持った。

「用意はできているか」

「はい。おい」

林彦之進の合図で、膳が二つ持ちこまれた。

「おぬしはもう客ではない。我が息子である。ゆえに歓待はせぬ。が、旅立ちの無事を願ってやるのも、親の務め」

本多政長が盃《さかずき》を手にした。

旅は命がけであった。野盗だけでなく、大雨、崖崩《がけくず》れ、水あたりなど危難は無数にある。それこそ、生きて帰ってこない者もいる。旅立ちの前には、親戚あるいは親しい者が集まって、飲食を共にし、別れを惜しむ習慣があった。

「本多家は質素でな。なにせ、出が鷹匠《たかじょう》だ。そして父の政重は放浪していた時期も長い。それこそ食うや食わずの日々もあったそうだ」

言いながら、さっさと本多政長が、膳の上に置かれていた小魚の干物にかじりついた。

「遠慮せずに食え」

「ちょうだいいたしまする」

数馬も盃に手を伸ばした。

国のほとんどが海に面している加賀藩は、海の幸に恵まれている。朝、浜に上がった魚が、昼過ぎには城下に届く。さすがに夏場は生食しないが、それでも新鮮な魚にありつくのは容易であった。数馬の家でも魚が食卓にのぼらない日は珍しい。それだけ安いのだ。だが、本多家の膳に載っていたのは、生魚よりまだ安い干物であった。

「武家の食事は楽しみであってはならぬ。戦うに十分な身体《からだ》を養うために食う。祖父正信の家訓じゃ。といっても孕み女や病中の者には、卵や鳥を摂《と》らせるぞ」

「見事な家訓と存じまする」

小魚を骨ごと噛《か》みながら、数馬は感心した。

「金を惜しむなとの意味でございますな」

「……ほう」

盃を止めて本多政長が感心した。

「これは……」

給仕していた林彦之進も驚いていた。

「普段質素なのは、金を貯めるため。そして、いざというときには惜しまず遣え。そういう意味でございましょう」

数馬は酒を口に運んだ。

「彦、どうだ」

「姫さまのお気に召すはずでございまする」

本多政長に質問された林彦之進が答えた。

「さて、食い終わったことだ。帰れ」

用はすんだと本多政長が告げた。

「馳走《ちそう》になりました」

礼を述べて、数馬は辞した。

「おもしろくなりそうだ」

「仰《おお》せのとおりかと」

残った主従が顔を見合わせた。

「いろいろ教えてやれ。とくに世間の醜《みにく》さをな」

「承知いたしておりまする」

林彦之進が頭を下げた。

「あと、女もな」

「よろしいのでございまするので。姫さまがお怒りになられましょう」

主君の命に、林彦之進が危惧した。

「琴を付けてやれぬからな。琴が側に居れば、問題はないが、しばらく江戸へ出せぬ。殿の、いや他の重職たちの許しが出るまい。その間、瀬能を独り身で置かねばならぬ。若い男にとって、女ほど効く武器はないぞ」

「美人局《つつもたせ》に遭《あ》うやも知れませぬか」

林彦之進が納得した。

「加賀の命運、いや、未来をあいつに託してみようと思う」

「そこまで買われておられまするとは」

「若い割に交渉ごとの肝《きも》を知っている。言葉の裏を読むことにも長《た》けている。まあ、これは瀬能という特殊な家柄に生まれたおかげだろうがな。皆、同僚の振りをしながら、しっかりと壁を作っている。かけられる言葉も真実味のないものばかりであったろうからな」

残っていた酒を本多政長が呷《あお》った。

「まあ、その瀬能を利用しようとしている儂の言えた義理ではないが……あやつならば、なんとかしてくれるのではないかと思う。本多家以上に加賀前田家は危ない。幕府にとって、百万石をこえる外様大名など悪夢でしかない」

「はい」

林彦之進が同意した。

「利常さまに秀忠さまの姫を下さったり、光高さまに水戸家から姫を寄こしたり、綱紀さまの正室として、三代将軍家光さまの異母弟保科正之さまの姫を押しつけたりして、前田家を血で取りこもうとしているが、その危うさにようやく幕府は気づいた」

本多政長が怖い顔をした。

「徳川の血を入れる。それはすなわち、将軍となる資格を与えること。それに酒井雅楽頭が気づいてしまった」

「それが、今回のお話だと」

「ああ。酒井雅楽頭に綱紀公を本気で江戸城へ迎え入れる気などないわ。こうすることで、前田家に騒動を起こし、取《と》り潰《つぶ》しのきっかけを作ろうとしているのと、もう一つ、幕府に婚姻の恐ろしさを教えようとしている」

空になった盃に気づいた本多政長が、無念そうに置いた。

「いや、もっと質《たち》が悪いのかも知れぬ」

「と言われまするると」

「酒井は徳川と同族だ。もっとも最初に枝分かれしたが、徳川も酒井も、一人の男の血を嚆矢《こうし》としている。世良田次郎三郎《せらだじろうさぶろう》。関東の出で、清和源氏《せいわげんじ》徳川氏の流れを汲《く》む男だ。戦に負けて三河に流れ着き、そこで酒井の婿となり子をなした後、請《こ》われて松平の婿となった。いわば、酒井は徳川家の兄。しかし、ときの流れは酒井ではなく、松平に利をなし、いつのころからか、酒井は松平の家臣となった」

「ややこしいお話でございますな」

林彦之進が嘆息した。

「その酒井雅楽頭が、今回の騒動を仕掛けてきた。単純に前田を潰そうという話だけではない気がする。綱紀公を推したのは上様であろう。いかに光高さまに四代将軍をという話が過去にあり、大老とはいえ酒井雅楽頭の独断で外様を将軍候補にはできまい。だが、もうすぐ死ぬであろう将軍の願いを素直に聞くようでは、大老などになれるはずもない」

「横山さまにお任せするわけにはいきませぬか」

「玄位《はるたか》はまだ若すぎ、世間を知らない。江戸家老の村井には、人望がない。口うるさすぎるからの」

本多政長が苦笑した。

「瀬能は、出が出だけに、幕府に縁者も多い」

「下手をすると取りこまれかねませぬ。瀬能さまにとって、加賀は居心地のいいところではございますまい。旗本への復帰を約されれば……」

主君の狙いが裏目に出るのではないかと林彦之進が口にした。

「瀬能が敵にまわる……」

すっと本多政長の顔から表情が消えた。

「そのときは、死んでもらうだけだ」

「……はい」

林彦之進が頭《こうべ》を垂《た》れた。

「そうならぬことを祈る。琴が憐《あわ》れゆえな」

本多政長の顔に、父親としての感情が戻った。

四

屋敷を後にした数馬は、自邸へ帰るため城を回るように、左へと進んだ。本多屋敷から坂を下るように進み、右手に濠《ほり》を見ながら歩いていた数馬は、見覚えのある顔が前方で待ち受けていたのに気づいた。

「…………」

十分な間合いを空けたところで、数馬は足を止めた。

「瀬能氏」

左右に見かけたことのない若侍を従えた猪野が声をかけてきた。

「なにか」

「少し話をしたくてな。そこまでつきあってくれ」

数馬の返答も聞かず、猪野が背を向けて城から離れた。数馬は無視して動かなかった。

「……なにをしている」

「おつきあいする理由が、こちらにはない。帰って旅立ちの用意をいたさねばならぬ。多忙でござれば」

数馬は同行を拒んだ。

「こいつ、譜代でもないくせに、態度のでかい」

つい先日元服したばかりではないかと思わせるほど若い藩士が、血相を変えた。

「落ち着かぬか。嵯峨《さが》」

猪野が宥《なだ》めた。

「そのお役目にかかわる話でもあるのだ」

もう一度猪野が話をと誘った。

「ならば、ここで伺《うかが》おう」

「他人《ひと》に聞かせたくないのだ」

猪野が数馬の求めを拒んだ。

「聞かせられぬほどの話ならば、拙者も御免被《こうむ》ろう」

数馬は歩き出した。

「待て。きさま、猪野どのが辞を低くして応対しているというに」

嵯峨が、数馬の袖《そで》を摑《つか》んだ。

「無礼者」

数馬は手刀で嵯峨の手首を打った。

「あつっ。なにをするか」

手首を押さえた嵯峨が、怒った。

「抑えろ、嵯峨。美濃《みの》、嵯峨を連れて少し離れてくれ」

猪野が嵯峨を叱った。

「嵯峨、少しは辛抱せい」

二十歳半ばに見える美濃が、嵯峨の手を引いた。

「しかし……」

若い嵯峨はまだ怒りがおさまらないようで、抵抗しようとした。

「それでは、大事にあたれぬぞ」

猪野が冷たい声を出した。

「……わかりましてござる」

急に嵯峨が大人《おとな》しくなった。

「みっともないところをお見せした」

軽く猪野が一礼した。

「あと若い者を煽《あお》るのは勘弁してくれ」

「…………」

猪野の言葉に、数馬は応えなかった。

「あらためてお願いしよう。少しだけご足労を願えぬか」

「多忙と申した。それを理解してくださるならば」

あきらめないとさとった数馬は、少しの間だけと条件を付けた。

「承知いたした」

首肯して猪野が背を向けた。

「…………」

数馬は無言で後に付いた。

城の辻《つじ》から、本多屋敷とは逆に少し坂を上がれば人持ち組頭奥村本家の屋敷がある。さすがに本多家ほど宏大ではないが、辻から辻までまるまる一区画を取りこみ、焼き腰板に白壁を巡らせた屋敷は、金沢城が攻められたときの出丸《でまる》として機能するよう、堅固な造りであった。

「ここでよいか」

屋敷のなかではなく、外側、辻角から少し入ったところで、猪野が足を止め、振り向いた。

「手短に願おう」

話を数馬が促《うなが》した。

「もう一つ、他人の後ろに立つのは無礼だぞ」

数馬が後ろ二間（約三・六メートル）に並んだ嵯峨と美濃へ低い声を出した。

「きさまが逃げぬように見張っている」

嵯峨が言い返した。

「……………」

無言で数馬は動いた。

屋敷の壁に背を預け、腰を落として、太刀の柄に手をかけた。

「武士に対して逃げるなどと、看過できぬ言葉を吐《は》く。それだけの覚悟はあるのだろうな」

数馬は太刀を抜いた。

「待たれよ。嵯峨、詫びよ」

焦った猪野が、怒《ど》鳴《な》りつけた。

「なぜでござる。前田家代々の家臣でもない新参者に、我ら府中衆が気を遣わねばならぬのでござるか」

嵯峨が抗弁した。

前田家には譜代の家柄にいくつかの区別があった。もっとも尊敬されるのは、前田利家がまだ織田信長の家臣として荒子城《あらこじょう》を預かっていたころ仕えている荒子衆であり、続いて尾張衆、府中衆、能登衆、そして加賀衆と続く。府中衆とは、信長の命で北陸道を侵攻した利家が府中に賄《まかな》い領を与えられたときに抱えられた者たちのことで、家中でも古い家柄に属した。

「しかもこやつは、前田直作の味方。殿を売る奸佞《かんねい》の輩《やから》の同心」

指を指して嵯峨が、数馬を非難した。

「さらに本多家の姫と婚約するなど、あきらかに幕府の犬でござる」

「犬と言ったな」

武士に対する最大の侮辱《ぶじょく》であった。

「いかん、嵯峨、取り消せ」

猪野が叫んだ。

二間など、太刀を抜いてしまえば、ないも同然であった。数馬は大きく踏みだし、太刀を振った。

「……つっ」

「えっ……」

美濃があわてて抜き合わせた。

嵯峨は対応さえできなかった。

「脅《おど》しか」

傷ついていないと、嵯峨が笑った。

「……情けない」

「ごくっ」

大きく猪野が嘆息し、美濃が後ろへ飛んで間合いを空けた。

「ふん。よく、このていどのを連れて歩いているな。恥ずかしくないのか」

わざと数馬は猪野を嘲笑《ちょうしょう》した。

「……言葉もない」

猪野が顔を伏せた。

「きさま、無礼であろう。嵯峨は前田家において五代を数える譜代《ふだい》であるぞ」

嵯峨がわめいた。

「……嵯峨」

刀を青眼《せいがん》に構えたまま、美濃が声を掛けた。

「頭」

「……頭」

怪訝《けげん》な顔を嵯峨がした。

「髷《まげ》がないぞ」

「なにを……ぎゃっ」

美濃に指さされて頭に手をやった嵯峨が悲鳴をあげた。

「ま、髷がない」

「そこに落ちているぞ」

切っ先で数馬は、地を示した。

「あ、あ、あああ」

嵯峨の顔色が真っ赤になった。

「八寸（約二十四センチメートル）下でなくてよかったな。そちらのほうが、よかったか。首がなくなれば髷の心配などしなくてすむな」

数馬は嘲笑した。

「殺してくれる」

腰の太刀に手を掛けた。

「させるわけなかろう」

十二分に近づいている。数馬は太刀の峰で嵯峨の指を叩いた。

「ぐわっ」

痛みに嵯峨がうめいた。

「いい加減にこいつをどうにかしろ」

うんざりと数馬は猪野を見た。

「美濃、嵯峨を連れて帰れ。顔を手ぬぐいで隠すのを忘れるな」

猪野があきれた顔で美濃に告げた。

「わかりましてござる」

太刀を鞘《さや》に戻し、敵意のないことを見せてから、美濃がうずくまっている嵯峨のもとへ近づいた。

「……帰るぞ」

懐から出した手ぬぐいで嵯峨に頬《ほお》かむりをさせて、美濃が抱き起こした。

「…………」

無言で嵯峨が立ちあがった。

「……覚えていろ。このままではすまさんぞ」

手ぬぐいの下から、嵯峨が恨《うら》みの籠《こ》もった目を向けた。

「次は斬る」

切っ先を数馬は突きつけた。

「……ひっ」

嵯峨が小さな苦鳴を漏らした。

「行くぞ」

美濃に引きずられるようにして、嵯峨が離れていった。

「香取神道流《かとりしんとうりゅう》を遣われるとは聞いていたが、お見事な腕前」

猪野が感嘆した。

香取神道流は鹿伏兎刑部少輔《かぶとぎょうぶしょうゆう》が考案した新当流《しんとうりゅう》から発展したもので、剣術のなかでも最古流の一つである。剣術だけでなく、居合い、杖術《じょうじゅつ》、手裏剣術《しゅりけんじゅつ》、柔術、槍《やり》、長刀《なぎなた》まで含む実践《じっせん》武術であった。

「話ができぬ。刀をしまっていただけまいか」

ていねいな口調で、猪野が頼んだ。

「抜かせたのはそちらだが」

「幾重にも詫びる」

責任はこちらにあると猪野に言わせて、数馬は太刀を鞘に収めた。

「用件を」

「ああ。聞いたところによると、貴殿は前田直作の監察役《かんさつやく》として江戸まで同行されるそうだな」

「公表されていない話だが、どこで知られた」

「そのあたりは、勘弁して欲しい。ただ、人持ち組頭のなかにも、我らの考えに賛同して下さる方はいるということだ」

猪野が暗に後ろ盾《うしろだて》があると言った。

「藩主を幕府へ売り渡す。これについてはどうお考えだ」

「よろしくはないな」

「でござろう」

あっさりと同意した数馬に、猪野が勢いづいた。

「ふむ。で」

先を数馬は促した。

「旅のさなかに事故は起こるものだ」

「…………」

数馬は猪野の意図を悟った。

「もちろん、お一人でなどとは言わぬ。こちらからも十分な数をお出しする。貴殿は、その最中に、警固として近づいて、前田直作を……」

「ふざけたことを口にされるな」

最後まで猪野に言わせず、数馬が遮《さえぎ》った。

「だが……」

「拙者に不忠をさせるおつもりか」

数馬は凄《すご》んだ。

「とんでもない。忠義でござる」

「いいや、わかっておらぬ。前田直作どのを江戸まで警固するようにと命じられたのは殿である。それを破れと」

「それは、形の上でのことであり、真《まこと》の意味では、これこそ忠義であろう」

猪野が言い返した。

「その真の意味が殿に伝わり、お許しが出るまで、拙者はどうしておるのだ。主命を裏切った不忠者の誹《そし》りを受けるのは、拙者だぞ」

「もちろん、手は打つ。前田直作を果たしたならば、ただちに殿へ直訴して、幕府への誘いをお断りいただく。国元の、いや、藩の総意とすれば、殿もおわかりくださろう。さすれば貴殿は藩を救った名誉ある者として、いっそうの出世を……」

「殿が幕府の誘いをお受けしたときは、どうなる。拙者は謀叛人《むほんにん》として、天下のお尋《たず》ね者《もの》だ。先祖代々の功績も消され、逃げまわるしかなくなるぞ」

考えのなさに数馬はあきれた。

「……そんなことはない。きっと我らが貴殿をかばう」

「御免被ろう。主命はなによりも重い。それさえわからぬ方々と意を一つにするわけにはいかぬ。拙者はなんとしても、前田直作どのを江戸へ無事お届けせねばならぬ」

「それでは、殿を幕府へ売る手助けをすることになる」

猪野が大声を出した。

「いや。そのあとで、殿にお目通りを願い、お話をさせていただく。将軍への夢をお捨て下さるようにと、命をかけてお止めする」

切腹も厭《いと》わないと数馬は宣した。

「それが家臣のあるべき姿である。では、御免」

さっと数馬は踵《きびす》を返した。

「今一つ」

「……なんだ」

「本多さまはどうお考えなのだ。貴殿はご存じであろう。教えてくれぬか」

「たしかにお話はした。だが、口外を禁じられている」

「そこをなんとか頼む」

猪野がねばった。

「貴殿は、拙者を同志として迎えると言われたな」

「いかにも。来てくれるか」

喜色にあふれた顔で、猪野が問うた。

「簡単に秘密を他人に語るような輩を仲間にしたいのか。そんな連中を同志としているような者と手を組む気は、拙者にはない」

「…………」

皮肉に猪野は言い返してこなかった。

「要らぬときをくった」

挨拶《あいさつ》もなく数馬は猪野から離れた。もう、猪野も引き留めては来なかった。

「岳父への報告は、琴どのに頼もう。どうせ、我が家におられよう」

屋敷へ向かって歩きながら、数馬は猪野の一党が、己がこれからどこへ行くか、今の話を誰かに報せはしないかと、見張っているだろうと考えていた。

第五章　戦場へ

一

旅立ちは別れでもある。生きて帰って来られない者も多い。

家族友人は、旅立つ者との別れを惜しみ、国境《くにざかい》あるいは、城下外れまで同行する。

ただし、名門武家では、女の見送りは屋敷の玄関までと決められていた。

「お気を付けて、いってらっしゃいませ。お帰りをお待ち申しあげておりまする」

屋敷の玄関で琴が手を突いた。

「……行って参りまする」

女中の佐奈をしたがえた琴がなぜ実母や妹より前にいるのかと数馬《かずま》は一瞬悩んだが、挨拶《あいさつ》を返さないわけにはいかない。ていねいに数馬は頭《こうべ》を垂《た》れた。

「お屋敷のこと、お義母《かあ》さまのこと、どうぞお憂《うれ》いなく」

「はあ」

数馬は曖昧《あいまい》な返答をするしかなかった。琴との婚姻《こんいん》は、まだ本多政長と数馬の内談でしかない。主君前田綱紀《つなのり》の許可がおりるまでは、なんの約束にもならないのだ。もっとも武家の信義として、主君の拒否がない限り、琴の嫁入りは決まっている。問題ないといえばないが、数馬はなにか納得できていなかった。

「お手紙をお待ちしておりまする」

柔らかい声で、琴が願った。

「あまり長く御消息をいただけませぬと、江戸まで押しかけるやも知れませぬ」

「なんとかいたしまする」

数馬は顔を小さく引きつらせた。

妾腹《しょうふく》とはいえ五万石の姫である。旅をするとなれば、その規模や影響は数馬の比ではない。いや、前田直作《なおなり》よりも大きい。大行列を仕立てて、加賀《かが》藩江戸屋敷へ来られたりしては、大騒動になる。

「では」

「はい」

一礼した数馬へ、琴が微笑《ほほえ》みながら応じた。

「殿」

家士が先に立った。

公用旅とはいえ、数馬も家臣を連れている。士分一人と、旅の荷物などを入れた挟《はさ》み箱《ばこ》を持つ中間《ちゆうげん》であった。

「うむ」

数馬が続いて門を出た。

「佐奈、頼みましたよ」

「はい」

琴に命じられた佐奈が消えた。


日が昇ったばかりの城下は人気も少ない。数馬は早足で待ち合わせの場所であるいさこ橋へと向かった。

いさこ橋は文禄《ぶんろく》三年（一五九四）に前田利家が架《か》けたもので、金沢城の北を流れる犀川《さいがわ》にかかる唯一の木橋であった。長さ四十間（約七十二メートル）、幅三間（約五・四メートル）の立派なもので、何度か水害などで被害を受けてはいたが、そのたびに修復されていた。

「お待たせしたか」

「いえ、さほどには」

すでに橋のたもとには本多家勘定方《かんじょうかた》林彦之進が、供《とも》もなく一人で立っていた。

「申しわけなし」

「本多屋敷のほうが近うございますゆえ」

詫《わ》びる数馬へ、林彦之進が首を振った。

「なにより前田さまが、まだお見えではございませぬゆえ」

林彦之進が述べた。

本多屋敷が城の北にあるのに対し、前田屋敷は城の南にある。前田直作の屋敷からいさこ橋までは、城半周分遠かった。

「たしかにな」

ほっと数馬は力を抜いた。

「紹介しておこう。これが家士の石動庫之介《いするぎくらのすけ》、そっちが中間の小左《こざ》だ」

数馬は林に家士と中間を引き合わせた。

「本多家家中林彦之進でござる」

「よしなにお願いをいたしまする」

「…………」

名乗った林へ、石動と小左が頭を下げた。

「晴天でよろしゅうございました」

「旅の経験はないが、雨は面倒そうだな」

林の言葉に数馬は同意した。

「身体《からだ》が冷えまするだけでなく、雨が柄から刀身に入りますゆえ、宿でかならず手入れをいたさねば錆《さび》が浮きまする。余計な手間がかかりまする」

何度も江戸へ行った経験を持つ林が告げた。

「柄袋《つかぶくろ》は使えぬしな」

数馬は苦い顔をした。

柄袋とは、刀の柄を覆《おお》う布の袋である。しおれた朝顔の花のような形をしており、その口に紐《ひも》が巡らされ、柄から鍔《つば》を袋に入れたあと鯉口《こいぐち》の辺りで締める。雨で柄が濡れるのを防ぐためのもので、旅中の武家は不意の雨に備えて、屋敷を出るときから柄袋をするのが心得であった。

「いつ襲われるかわかりませぬゆえ」

林がうなずいた。

柄袋は便利だが、している限り太刀を抜くことはできなかった。

「いつ襲うか、それは刺客のつごう」

数馬は苦い顔をした。

戦いを大きく左右するのは、第一に数である。衆寡《しゅうか》敵せずは真理であり、よほどのことでもなければひっくり返ることはなかった。次が、技量の差であった。腕の差もまた揺るがしがたいものであった。それに続くのが、地の利、ときの利であった。

その二つを、今回は相手に最初から奪われていた。どこでいつ襲うかを決められるのは刺客であった。こちらから襲うことはできないのだ。襲われる側はどうしても受け身にならざるをえなかった。

「遅れた」

話しているうちに前田直作が家臣を連れてやって来た。

「いえ。我らも先ほど参りましたところでございまする」

直臣は数馬だけである。林も石動もすばやく数歩さがって頭《こうべ》を垂れている。応対するのは数馬の役目であった。

「参ろうか。できるだけ日のあるうちに旅程をかせぎたい」

前田直作が促《うなが》した。

「はい」

歩き出した前田直作の左半歩後ろに数馬はついた。

前田直作は家臣を六人連れてきていた。これは士分だけであり、ほかに中間二人、小者一人を従えていた。一万石の格からいけば、この数倍を伴うべきであったが、今回は幕府へ届けてあるとはいえ、非公式な出府なのだ。あまり目立つわけにはいかなかった。

「旅程はわかっておるか」

前田直作が数馬へ問うた。

「高岡《たかおか》から富山、高田《たかだ》を経て信濃《しなの》追分《おいわけ》から中山道《なかせんどう》へ入ると」

「そうだ。これがもっとも江戸に近い」

数馬が答え、前田直作が首肯《しゅこう》した。

加賀藩の参勤交代には三つの方法があった。

一つが数馬たちが今回行くものであり、江戸までおよそ百三十里ほどでつくもの。二つ目は、金沢から南下し、大聖寺《だいしょうじ》を経て越前《えちぜん》福井、関《せき》ヶ原《はら》、垂井《たるい》を通って東海道へ合流するもの。三つ目は、二つ目と垂井までは同じだが、そこから美濃路《みのじ》を経て、中山道を進むものである。下の二つは、一度南西へ向かうため、江戸までの旅程が、一つ目のものより三十里から四十里遠回りとなった。

「よろしいのでございますか。距離は近いですが、富山を通りまするぞ」

数馬が危惧《きぐ》した。

富山は、加賀前田家の分家だが、その設立の過程で本家と仲違いをしている。

「本家が将軍となるのを喜ばぬか」

前田直作は理解していた。

「わかっているが、今回は危難よりときを浪費するほうが怖い。遠回りは、どうしても二日から三日江戸へ着くのが遅れる。その間に、江戸で取り返しのつかぬことが起こらぬという保証がない」

「…………」

焦《あせ》りを見せる前田直作に数馬は黙るしかなかった。

「加賀藩百万石、数万の命運が分かれるのだ。吾《われ》一人の安全など意味はない」

前田直作が決意を口にした。

「つきあわせて悪いと思っておる」

「最初からかかわってしまいましたので」

気にしないでくれと数馬は言った。

「後悔しておらぬか。あの夜、吾を助けなければよかったと」

少し前田直作の声が低くなった。

「後悔は死ぬときだけと決めておりますので」

数馬は述べた。

「ほう。どうしてだ」

「死ぬときに、あれもしたかった、これもするべきであったと後悔しながら死にたいと思っておりますので」

「変な奴じゃの」

聞いた前田直作が首をかしげた。

「普通は、悔《く》いなく死にたいと思うものだが……」

「後悔一つない生涯などあると思われまするか」

「……ないな」

前田直作が認めた。

「つまり、後悔をごまかして死ぬわけでございまする。最期の瞬間まで、己《おのれ》に嘘《うそ》はつきたくございません。よって、先夜のことは後悔いたしませぬ。もっとも、臨終のときに、思いきり悔やむかも知れませぬが」

　数馬が笑った。

「それはかなわぬな。まあ、吾のほうが歳上《としうえ》のうえ、今回命を狙われている。まちがいなく、吾が先に逝《い》くであろうから、瀬能《せのう》の後悔を知らずにすむとはいえ、吾が子孫に恨《うら》みを言われても困る。文句の出ぬように江戸へ着いたとき、十分に報いよう」

　苦笑しながら、前田直作が述べた。

「褒美《ほうび》は遠慮いたしましょう。本多さまより頂戴《ちょうだい》いたしましたものだけで、十分でございまする」

　要《い》らないと数馬が断った。

「そういえば、琴どのを嫁にもらうそうだな。おめでとうと言わせてもらおう」

「畏《おそ》れ入りまする」

　祝いを口にした前田直作へ、数馬は礼を言った。

「数回会ったことがある。美しい姫であろう」

「それは否定いたしませぬが……」

「岳父がといったところか」

「…………」

返答できることではない。数馬は沈黙した。

「たしかに、琴姫には命をかける価値はあるな。では、吾から褒賞《ほうしょう》は出さぬ。かわりに、婚姻のおりには十分な祝いをさせてもらう」

「かたじけのうございまする」

祝いを断るのは無礼であった。それこそ、今後前田直作とはつきあいをしないという意味合いにもなる。数馬は喜んで受け取ると応えた。

「殿……」

後ろにいた前田直作の家臣が近づいてきた。

「どうした、生田《いくた》」

足を止めずに前田直作が問うた。

「後ろから家中の者がついて参りまする」

生田の声は緊張していた。

「何人だ」

「確《しか》とはわかりませぬが、三名以上はおるようでございまする」

確認に生田が告げた。

「ふむ」

「二名ほど残しまするか」

少し思案した前田直作へ生田が訊《き》いた。

「……いや、戦力を分散するべきではない。このまま進む。不意をうたれぬように、気を配るだけでいい」

「はっ」

前田直作が指示した。

生田が下がった。

「どう思う」

「三名ほどで、斬りこんでくることはございますまい。こちらは十名おりまする。おそらくは陽動、いや、嫌がらせでございましょう」

「嫌がらせか。おもしろい見方だが、そうだろうな。いつ襲われるかと気を張っていては身体に余分な力が入る。宿でも眠れまい。少なくとも複数の不寝番《ふしんばん》を置かねばならぬ」

「はい。不寝番をした者は、翌日だけでなく、翌々日まで疲労を残しまする。なにせ、早足での旅を続けなければなりませぬゆえ、十分な休養がとれませぬ」

「地味に、こちらの力を削《そ》ぐの」

頰《ほお》を前田直作がゆがめた。

「今夜は来るまい。こちらも警戒している。おそらく先回りしているであろう本隊と合流してからとなれば、どこだと思う」

「富山藩領内でございましょうな。今夜の泊まりが高岡、翌日が泊《とまり》の予定でございまする。泊の次は高田」

「高田は松平光長《みつなが》さまが城下だな。となれば、泊がもっとも危ないか」

前田直作が真剣な表情をした。

「富山に責任を押しつけられまするし」

本家と別家の争いとしてしまえば、罪は富山藩に被《かぶ》せられた。

「よろしゅうございましょうか」

生田と並んで、数馬の後ろにいた林が発言の許可を求めた。数馬の家臣格として参加しているとはいえ、一行の長《おさ》である前田直作の許しなく、林は口を出せなかった。

「よいぞ」

前田直作が認めた。

「昨日、いさこ橋を猪野さま以下五名の方が渡られたそうでございまする」

「少ないな」

林の報告に前田直作がつぶやいた。

「本多さまの指示か」

「はい」

確認する数馬に、林が首を縦に振った。

「他にもいましょうな」

数馬は嘆息した。

「金沢を出るのは、なにもいさこ橋だけではない。犀川を船でこえる手もある。あるいは、大聖寺へ向かうと見せかけて、戻って来る方法も」

前田直作が難しい顔になった。

「どれほどの数が出たか、読めぬのは痛いな」

「藩士はそれほどでもございますまい。殿より、前田さまを襲うなという命《めい》が出ておりまする。それを破っての出国、本多さまが見逃されますまい。近いうちに、惣触《そうぶ》れの太鼓《たいこ》が打ち鳴らされましょう」

惣触れとは、藩士総登城を命じるものである。これが鳴らされて登城しなかった者は、かなり厳しい罰を受けた。

「問題は陪臣《ばいしん》」

数馬が続けた。

陪臣とは藩士の抱える家臣のことをいう。林も本多の家臣であるので、加賀藩にとっては陪臣となる。さすがに陪臣までは、藩庁でも把握できていなかった。なにより陪臣を捕まえても、主《あるじ》を咎《とが》められるとは限らないのだ。

「たしかに、我が家中におりましたが、先日ふつごうがあり、放逐《ほうちく》いたしましたゆえ、かかわりはございませぬ」

こう言われれば、それ以上の追及はできなかった。

「とかげの尻尾《しっぽ》切りか」

ますます前田直作の顔にしわが寄った。

「どちらにせよ、こちらは受け身。いつなにがあっても慌《あわ》てぬよう、手順だけ決めておきましょうぞ」

「そうだな」

前田直作が数馬の提案に同意した。

二

初日は高岡泊まりであった。

高岡は加賀前田家の領地になる。前田利長の隠居城である高岡城があった。が、一国一城令によって廃されていた。といっても、ひそかに加賀藩は高岡城を維持、火薬蔵や米蔵を城内に建て、番人を配置して警固《けいご》していた。

一行は本陣を宿所とした。本陣はその名のとおり、旅中における大名の陣営としての機能があり、高い塀《へい》やしっかりとした表戸など厳重な守りを持っていた。

「今宵《こよい》は休め」

初日の襲撃はないと前田直作が、全員に休息をさせた。

「明日早立ちをする。酒は許さぬ」

前田直作が釘を刺した。

翌朝も晴れた。一行は日の出とともに本陣を後にした。

「今日が危ないだろうな」

「もうすぐ藩境をこえますゆえ」

今日も前田直作のすぐ後ろに数馬は位置を取っていた。

高岡は富山藩との境に近い。まだ朝の内に富山藩へ一行は入った。

「境の松か」

富山の平地は、加賀藩と富山藩の領域が複雑に絡んでいる。川や山で仕切られているところはいいが、平地ではどこからどこまでが、富山藩で、どこからが加賀藩か、見分けが付かない。そこで、藩の境に松を植え、それを目印としていた。

「気を配れ」

前田直作が指示した。

富山藩は加賀藩三代藩主利常が、寛永《かんえい》十六年（一六三九）に隠居するとき、次男利次へ十万石を与えて分家させたことに始まる。

設立期に新しく城を建てようと無理したことや、本藩から余剰な家臣を押しつけられたことなどもあり、藩政は最初から厳しい状況であった。数万両をこえる本藩からの借財、その利子払いに汲々《きゆうきゆう》としているというのもあり、加賀藩への感情はあまりよいものではなかった。

海沿いの街道を急いでいる一行の前に、富山城下が見えてきた。感情のもつれもあり、加賀藩の参勤交代でも、富山城下での休息や宿泊はしない。一行もさっさと通り過ぎようとした。

「黙って行かせてはくれないようでございますな」

後ろから林が言った。

城下を出る街道に関所があった。

「二年前に通ったときにはございませなんだ」

林が告げた。

「臨時だろう。その証拠に、誰も止めてはいない。なにより、通っている庶民たちの顔を見ろ。関所慣れしていないのだろう、首をすくめているではないか」

前田直作が告げた。

「我らのためでございますか」

数馬があきれた。

「誰ぞ、富山に報《しら》せた者がいるな。最近は感情のもつれがあるとはいえ、もとは同じ前田家の家臣だ。一族も多い。富山の家老をしている者は、たしか人持《ひとも》ち組《ぐみ》の出。一族は加賀で勘定奉行をしていたと思う。我らを止められれば、今年の利子はなくしてやるとでもいわれたのではないか」

苦笑しながら前田直作が言った。

「いかがいたしましょう」

先頭を行く前田直作の家臣が問うた。

「気にするな、そのまま進め。こちらにやましいところはない」

命じた前田直作が首だけで後ろを見た。

「まだつけてきているか」

「はい」

生田が答えた。

「追いついてくれればおもしろいな。関所がどう対応するか」

「少し関所を出たところで、足踏みしましょう」

数馬も同意した。

「嫌がらせには、嫌がらせを返しませんと」

「だの」

二人が顔を見合わせて口の端をゆがめた。

「林どの」

「呼び捨てていただきますよう。この道中の間は、瀬能さまの家臣となっております
る」

敬称をつけた数馬を、林が注意した。

「まあ、旅が終わっても、瀬能さまは姫さまの夫君。主筋でございますが」

「……………」

数馬は一瞬鼻白んだ。

「肚《はら》をくれと申すか……」

「わたくしの口からはとても」

林が逃げた。

「しっかり逃げ道を塞《ふさ》がれておるな、瀬能」

一人、前田直作の機嫌がよかった。

「儂《わし》にも娘があればの……今から作るので十五年ほど待たぬか」

「前田さま、お手出しはご無用に。瀬能さまは、本多の婿《むこ》でござりまする」

冗談に林が抗議した。

「……そろそろだ」

緩みかけた空気を、前田直作が引き締めた。

「お待ち願いたい」

関所の手前で、それなりの身形《みなり》をした藩士が行く手を遮《さえぎ》った。

「拙者《せっしゃ》、町奉行佐多一郎兵衛《さたいちろうひょうえ》と申す。貴殿らのお名前とご身分をお聞かせ願いたい」

礼にかなった質問であった。

「儂は加賀藩士前田直作。ここにおる者は、我が家中の者だ」

「拙者も加賀藩士瀬能数馬。あとは、家臣である」

一行を代表して前田直作と、数馬が名乗った。

「加賀の前田さまといえば、ご一門の」

「さよう」

佐多の確認に、前田直作が首肯した。

「で、我らの足を止めたわけを聞こう」

前田直作が横柄な態度を取った。前田直作の先祖と富山藩の先祖は数代さかのぼるだけで、重なるのだ。加賀藩士という身分ではあるが、富山藩にも十分な威力を持っていた。

「加賀藩より、罪を犯した藩士の逃亡を阻止してくれとの願いがございましたので。こちらとしては、本家の言葉を無視をできませず」

佐多が責任を加賀藩へと持っていった。

「富山藩の気遣《きづか》いには感謝しておこう。これより主君綱紀に会うので、よくお伝えしておこう」

「……それはありがたいことでございまする」

綱紀の名前に、佐多が少し引いた。

「もうよいか」

「いえ。加賀藩より依頼のあった者が、そこにおりますので。瀬能数馬、貴公を捕縛《ほばく》する。町奉行としての職務である。抵抗するな」

厳しい口調で佐多が数馬へ告げた。

「わたくしに参りましたか」

前田直作を捕まえるわけにはいかないのだ。数馬に目的をしぼったのは、足止めと戦力分断の両方を意図した妙策であった。

「少しは考えているようだ」

数馬と前田直作が顔を見合わせて笑った。

「おかばいなさるならば、いかに前田さまとはいえ、見過ごせませぬ」

佐多が忠告した。

「どうする。このていどの関所ならば破るに手間はいらぬ」

前田直作が世間話のように言った。

「な、なにをっ」

聞かされた佐多が、顔色を変えた。

「お気になさらず。どうぞ、お先にお進みください。林、残れ。石動と小左は前田さまの供をいたせ。よいか、後れを取るな」

数馬が手配りを口にした。

「嫌がらせはどうする」

前田直作がわざと後ろを見た。

関所からかなり離れたところに三人の武家がたたずんでいた。

「わたくしにお任せを」

「……よいのか」

考えがあると言外に示している数馬へ、前田直作が訊いた。

「御安心くださいませ」

「頼んだ」

うなずいた前田直作が佐多へ向きなおった。

「儂には用はないな」

「同道されていた理由などをお伺《うかが》いいたしたいのでございまするが」

佐多がときを稼ごうとした。

「偶然、一緒にここに着いただけだ」

しれっと前田直作が言った。

「金沢城下から同道していたと聞いておりまするが」

「ほう。誰に聞いた」

言った佐多へ前田直作が迫った。

「それは……」

「貴藩の者ならば、ここへ呼んでいただこう。富山の者が金沢にいた理由を聞かせてもらいたい。もし、加賀の者ならば、金沢からずっと瀬能を見逃してきた怠慢《たいまん》を咎めねばならぬ。手配までした罪人を捕まえようとさえしなかったのだからな」

「…………」

佐多が詰《つ》まった。

「どうした」

「…………」

「出さぬか。貴藩の主と遠縁にあたる儂と、その者、どちらが正しいか、白黒をつけようではないか。もし、いい加減な話であれば、相応の報いを受けてもらうことになるぞ。もちろん、その者と貴殿と、そして藩にな。そうよな、借財の一括返還とか」

「借財……」

小さく佐多が震えた。富山藩の本藩への借財は六万両をこえていた。富山藩の年収は五万両に届かない。一括返済などできるものではなかった。

「どうぞ、道中お気をつけて」

佐多が折れた。

「では、瀬能、のちほどな」

「はい」

関所を通り抜けた前田直作を見送って、数馬は佐多へ顔を向けた。

「拙者を捕まえると言われたな」

「神妙にいたせ」

威丈高《いたけだか》に佐多が言った。

「加賀藩からの手配書を出してもらおう。ちゃんと藩老たちの花押《かおう》が入っているものをな」

「………」

佐多が沈黙した。

いかに分家とはいえ、他藩なのだ。その他藩に藩士の捕縛を依頼するには、藩主あるいは家老職の花押が入った書付《かきつけ》が必須であった。なければ、他藩の藩士を捕縛することはできなかった。

「黙れ。申し開きは、金沢でいたせ」

押しこまれた佐多が怒鳴《どな》りつけた。

「だそうだ。林、今から戻って本多さまにお話を」

「はい」

「ま、待て。そなたも動くな」

背中を向けた林へ佐多が告げた。

「わたくしは加賀藩家老本多政長が家臣でござる。瀬能さまの家臣ではございませぬ」

「うっ」

瀬能の家臣ならば、まだ止めることができても、本多の家来には無理押しできない。

「主君より藩侯へ、一言申しあげることとなりましょう。手配書もなく、加賀藩士を捕まえた」

「たしかに、貴藩からの依頼があった」

「いつ参りましたか、依頼は」

「昨日である」

「わたくしは、昨日主君とお話をして参りました。そのときに、瀬能さまのことはいっさい出ませなんだ」

加賀藩が発給するすべての公式文書には、筆頭家老である本多政長の署名が入る。昨日富山藩へ依頼書が着いたというならば、少なくとも一昨日には本多政長は知っていなければならなかった。

「一藩士のことでござる。失念されただけでござろう」

「……一藩士、失念」

あからさまな嘲笑《ちょうしょう》を林が浮かべた。

「なにがおかしい」

いかに五万石本多家の臣とはいえ、陪臣に鼻先で笑われては平静でいられるはずはない。佐多が怒声をあげた。

「娘婿のことを失念などいたしますまい」

笑いを消さず、林が述べた。

「……娘婿。まさか」

　佐多が数馬を見て震えた。

「後日、貴藩のご家老さまあてに、主から正式な問い合わせがあるとお含み置き下さいますよう」

　笑いを消して林が告げた。

「さて、どこへ行けばいいのか。奉行所の牢《ろう》か」

　数馬が佐多へ問うた。

「いえ、もうけっこうでございまする」

「けっこうとはどういうことか」

「こちらの勘違いでございました」

　佐多の顔色はなくなっていた。

「勘違いで足止めをされた迷惑をどうなさるおつもりかとは、言いますまい。これもお役目熱心ゆえのことでござろう」

「さ、さようでございまする」

　救いの手を伸ばした数馬へ、佐多が飛びついた。

「では、その熱心さに一つお願いをいたそうか。あそこに三人武家が立っておりましよう」

数馬が、距離を置いて後をつけてきた連中を指さした。

「おりまするな」

「国境《くにざかい》くらいからずっとつかず離れずで、迷惑しておりまする。なにものか、調べていただけまするか」

「加賀のご家中ではございませぬか」

佐多が問うた。

「それを含めてご確認をいただきたい。その代わりと申しては、なんでございまするが、わたくしから義父《ちち》へ、佐多どのにご尽力をいただいたとお話しいたしましょう」

「……承知いたしました」

取引だと数馬はもちかけた。

「では、ご同道を願いまする」

数馬は三人のもとへと向かった。

「…………」

近づいてくる数馬と捕り方を従えた町奉行の姿に、後をつけてきた者たちが戸惑っていた。さすがに背を向けて逃げ出すようなまねはしなかったが、あきらかに腰は引けていた。

「率爾《そつじ》ながら、お名前と藩をお教え願いたい。町奉行の役目として訊いております」

　佐多が問うた。

「加賀藩、糸山信輔《いとやましんすけ》」

「同、平盛衛門《たいらせいえもん》」

「同じく川並忠兵衛《かわなみちゅうひょうえ》」

　三人が名乗った。

「糸山信輔、平盛衛門……」

　繰り返しながら、林が旅用の備忘録へ記した。

「どちらへお出《い》でか」

　続けて佐多が質問した。

「藩命であれば答えられぬ」

　糸山が密命だと口を閉じた。

「どなたさまのご指示でございましょう」

　林が尋《たず》ねた。

「そなたに問われるいわれはない」

はねつけるように平が拒んだ。

「わたくしのことをご存じで」

「瀬能の家臣であろうが。富山藩の町奉行とはかかわりあるまい」

強い声で平が非難した。

「どうして、わたくしを瀬能さまの家臣だと」

「金沢を出てからずっと一緒であったろう」

平が告げた。

「つまり、金沢からずっとつけてきた」

「……少しお話を伺いたい。ご面倒だが番屋《ばんや》までご同道願おう。おい」

そう言って、佐多が手で合図した。

「…………」

六尺棒を手にした捕り方が、三人を取り囲んだ。

「無礼であろう。本藩の者にたいして、分家がこのようなまねをするなど」

「ただではすまさぬぞ」

川並と平が憤慨《ふんがい》した。

「安心召されよ。拙者が今から江戸へ向かう。貴殿たちのことは殿のお耳に入れておく。なに、すぐに富山藩の家老どのが詫びて、牢から出してくれるだろう」

「瀬能……きさま」

前へ出た数馬へ、平が顔を紅くして怒鳴った。

「ただし、偽名であった場合、そのときは、加賀藩士を騙《かた》ったとして、死罪を命じられることになる」

数馬が告げた。

「密命ゆえというのは理由にならぬぞ。殿のご存じない命はすべて、私《わたくし》のものだ。藩がかばうことはない」

「…………」

「それは……」

三人の顔色がなくなった。

「さて、遅れたな。追いつかねばならぬ。参ろうか、林どの」

「林……どの」

怪訝《けげん》な顔を糸山がした。

「わたくしは、本多政長の家臣でございまする」

「筆頭家老どの……」

林の言葉に糸山が絶句した。

「取り押さえろ」

佐多の命で捕り方が三人にかかった。

「三人減ったな」

「はい。少し背後が安心できますな」

瀬能と林は、前田直作に追いつくため、足を速めた。

三

富山城下を出た前田直作らは、少し歩調を落として進んでいた。富山は、城下を外れると一気に農地になる。そこから泊までは、右手に峻険《しゅんけん》な山脈を見ながらの行程である。

「殿……」

数馬の場所に収まった生田が、注意を促した。

「待ち伏せだな」

前田直作がうなずいた。

遠くに見えている風よけの松林に、人影があった。

「数は読めるか」

「遠すぎまする」

生田が首を振った。

「物見に出ましょうや」

先頭を歩いている家士が提案した。

「いや、途中でなにがあるかわからぬ。固まっていたほうがいい。一同、草鞋《わらじ》の締まりと鯉口を確認しておけ」

前田直作が指示した。

旅人は足下を草鞋で固める。草履《ぞうり》と違い、脱げる怖れはないが、締め付けが弱いと踏ん張ったときにずれたりして、足場を崩すもととなりかねない。また、はばきは刀が下を向いたとき、勝手に抜けないよう止めるためのもので、これを緩めないと抜くことができない。真剣勝負などになれていないと白刃を目にした焦りから、鯉口を切らずに太刀を抜こうとしてしまうことがある。当然、刀は抜けないうえ、鞘《さや》は脱落を避けるため下緒《さげお》を帯に絡ませてあるので、二進《にっち》も三進《さっち》もいかなくなる。前田直作はあえて声に出すことで、単純な失敗を避けようとした。

「…………」

「はっ」

一同が鯉口を一度切って戻した。

「くるぞ」

松林まで十間（約十八メートル）となったところで、前田直作が備えろと叫んだ。

「姦賊」

「成敗」

好きなことを口にしながら、松林から武士が飛び出してきた。しっかり袴《はかま》の股立《ももだ》ちをとり、たすきを掛けていた。

「油断するな。相手はしっかり用意している」

「殿は、後ろへ」

前田直作が一行に呼びかけながら、太刀を抜いた。

「やあぁ」

生田が前に出た。

「おう」

前で接敵《せってき》が始まった。気合い声と刀を打ちあう音が聞こえた。

「多いな」

まだ敵と対峙《たいじ》していない前田直作が、表情を曇らせた。相手のほうが数で優《まさ》ってい
た。

「死ね」

前衛を突破した敵が、前田直作に向かってきた。

「させぬわ」

生田が立ちふさがった。

「どけ、下郎」

「…………」

怒鳴りつける敵へ、生田が無言で斬りかかった。

「見たことがあるぞ。そなた能都《のとけ》家の次男ではないか」

敵に気づいた前田直作が驚愕《きょうがく》した。

「遠縁とはいえ、能都は、吾《わ》が一門。それがなぜ」

「黙れ。きさまが殿を売るなどと申すから、吾まで白眼視され、婿養子の話がなくな
ってしまったのだぞ」

能都が叫んだ。

どこの武家も、家督《かとく》を継げなかった男子の行く先には困っていた。分家してやるだけの禄《ろく》があればまだいいが、そうでなければどこかに養子に出すしかない。行き先がなければ、生涯屋敷で兄の使用人として腐らせることになる。かといってそうそう養子の口があるわけではなく、一人の家付き娘に婿五人といった有様なのだ。ようやく得た養子先をなくした能都の恨《うら》みは、前田直作にもわかった。

「加賀藩のためだとなぜわからぬ」

前田直作が力ない声で言った。

「藩のためならば、誰も反対などせぬだろうが」

太刀を生田へ向けながら能都がわめいた。

「……ときが足りなすぎた。これでは、家が割れる」

説得するだけの手間暇《てまひま》をかけていられない。なにより綱紀がどうするのかを明言していないのだ。前田直作の考えだけで、国元の意見を統一するのは無理であった。

「殿に国元へお帰りいただければ……」

参勤交代の時期ではなかった。なにより将軍となるならば、江戸から離れるわけにはいかない。無理だとわかっていたが、一門まで敵に回った前田直作は口に出して言わずにおれなかった。

「落ち着け、殿のお呼びで儂は江戸へ行くのだ。おそらく殿がご決断をくださる。殿が将軍となられれば、加賀に加増があるやも知れぬ。少なくとも周囲の天領の支配は加賀へお預けいただけるはずだ。そうなれば、おぬしも別家できるやも知れぬ」

前田直作がなだめた。

「もう遅い。由衣《ゆい》どのは、別の男を婿に迎えたわ」

より能都が怒った。

「女に惚《ほ》れていたのか……」

聞かされた前田直作が呆然《ぼうぜん》とした。養子の口ならば、まだなんとかなる。だが、惚れた女は一人しかいない。その女が別の男に抱かれた。若い男が無謀になるのもしかたがなかった。

「ぎゃっ」

最前列で戦っていた前田直作の家士が一人倒された。

「一同、姦賊征伐まであと少しでござる」

家士を倒した男が血まみれの太刀をあげて、仲間を鼓舞した。

「おう」

仲間たちが勢いづいた。

「くっ」

「なんのう」

家士たちも気を入れるが、最初から人数で劣っていたため、押され気味となった。

「どうやら、数馬さまは、うまくなされたようだ」

ずっと前田直作の後ろにいた瀬能家の家士石動が、つぶやいた。

「小左、後ろで見張れ」

「へい」

石動の言葉に小左がうなずいた。

「御免《ごめん》を」

前田直作に一礼して、石動が太刀を抜いた。

「かまいませぬか」

石動が能都を見て問うた。

「……やむを得ぬ。主命を妨げるならば、一族であろうとも反逆者である」

苦い顔で前田直作が認めた。

「では……」

するすると石動が前へ出て、太刀を能都めがけて振った。

「横合いからとは、卑怯《ひきよう》……ぎゃっ」

非難する能都の右手を石動が斬り落とした。

「かたじけなし」

生田がほっとした。

「いえ」

軽く応えた石動が、次なる敵へと向かった。

「……強い」

石動は戦いに参加するなり、たちまち三人を倒した。

「こいつできるぞ」

襲撃してきた連中の勢いが止まった。

「……ぬん」

足送りで石動が間合いを詰めた。

「は、早い」

慌《あわ》てて太刀をあげた敵の、左手首から血が噴き出した。

「あああ」

太刀を捨てて、敵が手を押さえた。

「ひ、引け」

不利と見た敵が、逃げていった。

「追うな」

押され気味だった反動から、追撃しようとした家士たちを前田直作が止めた。

「怪我人《けがにん》の手当が先だ」

「はっ」

言われた家士たちが倒れた同僚へ駆け寄った。

「助かった」

「いえ」

太刀についた血糊《ちのり》を拭《ぬぐ》っている石動へ、前田直作が感謝をした。

「最初から出るべきでしたが……」

石動がすまなさそうに頭《こうべ》を垂れた。

「いや、背後からの敵を警戒してくれていたのであろう」

「……」

前田直作の言葉に、石動は無言で肯定《こうてい》した。

「殿」

生田が近づいてきた。

「被害は」

「死者はおりませぬが、五人怪我をいたしました。うち高山《たかやま》は傷が大きく、できるだけ早く医師の手当を受けさせるべきかと」

「そうか。では、怪我人のなかから、二人軽い者を選び、高山につけろ。高山を富山城下まで送らせよ。そのあと、一人残して、戻って来させよ」

「承知いたしました」

命を受けた生田が手配に下がった。


結局、数馬が前田直作と合流できたのは、泊の宿でであった。

「申しわけございませぬ」

顚末《てんまつ》を聞いた数馬は、罠《わな》にはまったとはいえないが、戦いに参加できなかったことを詫びた。

「いや、貴殿のせいではない」

前田直作が首を振った。

「しかし、よかった」

数馬はほっと肩の力を抜いた。

「鉄炮《てつぼう》を遣《つか》ってくるのではないかと危惧しておりましたが」

「……鉄炮か」

さっと前田直作が顔色を変えた。

「さすがに富山藩領では控えたようでございますな」

「どういうことだ」

「前田さまは、藩主の遠縁。それが領内で鉄炮傷を受けたとなれば、大事となりましょう。前田さまを撃った鉄炮が、いつ藩主へ向けられるかわからぬのでございます。藩主が徹底して捜索を命じるはず。加賀にしても富山にしても、前田という名前は重い」

領内で隣の藩の家臣とはいえ、一門が射殺される。その原因がなんであれ、一門を殺した下手人が領内にいるというのは、施政者として見過ごせない。

なにより鉄炮は、防ぎようのない遠くから人を殺せるのだ。うかつに参勤交代もできなくなる。

「富山と加賀は近い親戚。仲があまり良くないとはいえ、顔見知りは多い。刺客となったと知られるのは、避けられませぬ。それがわからぬほど、頭に血はのぼっておらぬと思いましたが、やはり不安でございました」

数馬が説明した。

「なるほどな。相手はまだ切羽詰《せつぱつ》まっていないということだ」

前田直作が理解した。

「問題は、明日以降、いえ、江戸が近づいてからでしょう」

難しい顔を数馬がした。

「今日一日で、相手は関所に抑えられた三人を含めて六人数を減らしました。こちらは、三人が外れ、二人が軽い傷を負った」

「勘定からいけば、こちらが有利に見えるが……」

「はい。不利はこちら」

数馬がうなずいた。

「向こうは補充が利きましょう。そういえば、今日の相手のなかに猪野はおりましたか」

「いいや、いなかったと思う」

前田直作が否定した。猪野は平士ながら、剣の腕で頭角を現している。今回の騒動では、反前田直作の急先鋒であった。

「金沢は出ていると報告を受けておりまする」

林がしっかりと猪野に見張りをつけていた。

「別働隊がいるのだと言うか」

前田直作が苦い顔をした。

「明日以降が問題でございまする」

「今宵は早めに寝ておくべきだな」

数馬の結論に、前田直作が現在できる唯一のことを提示した。

四

翌朝、泊の宿場を出た一行は、急ぎ足で越後高田城下を目指した。

越後高田は、家康の曾孫《そうそん》にあたる松平光長の城下である。前田綱紀より有利な跡継ぎ候補であるはずだが、昨年お家騒動を起こした。有能な家老の藩政改革に他の家臣たちがついていけず、反発したのが端緒《たんしょ》であった。藩主の権で十分抑えられるほどのものであったが、光長は対応しきれず、酒井雅楽頭《うたのかみ》へ任せてしまった。藩内のもめ事さえ解決できず、幕閣の介入を招いたことで、主たる資格なしとして、光長は五代将軍の候補から外されていた。

「今夜は宿で大人《おとな》しくいたしましょう」

数馬は高田の脇本陣を宿に選んだ。脇本陣は本陣より格が落ちる。万石をこえているとはいえ、前田直作は加賀の藩士で陪臣でしかない。将軍家に近い親藩の城下で本陣を使うのを遠慮した。もちろん、本陣が空いていれば問題はない。ただ、現状を考えて少しでも難癖《なんくせ》をつけられることを避けた。

「光長公を差し置いて、外様《とざま》あたりが将軍になろうなど、僭越《せんえつ》である」

そう因縁《いんねん》をつけられるかも知れない。そして相手は将軍の一族であり、喧嘩《けんか》をしたところで勝てないのだ。

「うむ」

前田直作も納得した。

基本として本陣や脇本陣は食事を出さなかった。これは本陣や脇本陣を利用する者は、それなりの身分であり、専用の料理人を同道していることが多かったからである。もちろん頼めば出してはくれるが、前もって手配しておかなければ材料がなく、用意はできなかった。

「何人かで集まって、夕餉《ゆうげ》をすませてこい」

家臣たちを分割して食事をすまさせた前田直作は、己の前に数馬を促した。

「先に行ってくれ」

「承知しました」

行列の責任者である前田直作と、差配《さはい》しているに等しい数馬が同時に出かけるのは愚かであった。なにかあったときに、残された者では対応できない。数馬は首肯した。

高田は越後国でも有数の城下町である。人も多い。

「あまりまともなところをご期待なさいませんように」

脇本陣を出た林が述べた。

「家の外で食事をするのは、独り身の者だけでございまする。奉公人は店で食事が出ますゆえ、実質外で飯を喰《く》うのは、その日暮らしの人足など。あまり柄は良くございませせぬ」

「そうか」

宿での食事は経験したが、こういった外食はした経験を持たない数馬である。林の助言にしたがうしかなかった。

「あと決して小判などを出されませぬように。店に釣りがないというのもございますが、要らぬ騒動を呼びまする」

林が付け加えた。

一両は銭四千文になる。朝夕の食事をつけた旅籠《はたご》の泊賃が二百文ていどなのだ。一膳飯屋、あるいは煮売り屋の代金がどのていどかは類推できる。五十文の食事に一両出されては、三千九百五十文もの釣りを出さなくてはならなくなる。店にとって大いなる迷惑であり、一両は家族四人が一月《ひとつき》以上生活できるほどの大金なのだ、それを見た者が悪心を起こさない保証はない。

「それで紙入れには小粒銀が多く入っていたのか。母の手配とは思えぬが……」

小粒銀は銀板を重さで切って使用していた煩雑《はんざつ》さをなくすため、家康が定量で作らせた銀の塊《かたまり》である。豆板銀《まめいたぎん》ともいわれ、一匁《もんめ》から十匁まであった。

数馬の母は福井藩で六百石を食《は》んでいる武家から嫁に来た。六百石といえばお歴々になり、使用人も多い。福井から金沢まで嫁に来る途中旅をしたとはいえ、ほとんどが駕籠《かご》での移動である。とてもこのような気遣いができるはずはなかった。

「紙入れはどなたさまから……」

「琴どのだ」

婚約が決まってから、旅の用意まで、ずっと琴が差配していた。

「琴さまは小銭をご覧になったことさえございますまい。おそらくお付きの者の手配でございましょう」

「佐奈どのか」

たえず琴の側に控えていた若い女中を数馬は思い浮かべた。

「あの者ならば、そのくらいの気配りはしてのけましょう」

林が納得した。

「ここで食しましょう。あまり脇本陣から離れるのはよろしくございませぬ」

街道沿いの一軒を林が指さした。

「任せる」

旅の経験のない数馬は、林の言葉に異論を唱える気などなかった。

「すまぬ、旅の途中でな。一夜限りだ、仲間に入れてくれ」

店に入った林が、まず挨拶をした。

「…………」

店のなかにいた連中が、いっせいに数馬たちを見た。が、すぐに興味をなくした。

「親爺《おやじ》、飯と汁と煮物を五人分頼む。飯は大盛りでな」

腰掛け代わりにおかれている醬油樽《しょうゆだる》の空きへ林が一同を案内した。

「あまり周囲をご覧になられませぬよう」

「わかった」

林の忠告に、数馬はうなずいた。

すべて作り置きしてあるものばかりである。すぐに食事は出された。五分つきの米に実のない味噌汁《みそしる》、もとがなにかわからないほど醬油に染まった煮物を数馬たちは黙黙と食した。

「見たか」

「ああ。侍が怪我人を連れて急いでいたあれだろ」

人足たちが酒を飲みながら大声で話しているのが、数馬たちの耳に入った。

「俺は城下外れで見たが、おまえはどこでだ」

腕の太い人足が日焼けで赤銅色の肌を持つ人足へ問うた。

「おいらは、荒井《あらい》の宿《しゅく》まで荷物を届けた帰りにすれ違った」

赤銅色の人足が答えた。

「瀬能さま」

「うむ。刺客どもであろう」

林へ数馬はうなずいた。

「話を聞こうではないか」

「……お待ちを」

立ち上がり人足のほうへ行きかけた数馬の袖《そで》を林が引いた。

「なぜだ。あやつらの動き、怪我人のていどと数を知れれば、かなり有利になる」

数馬が林を見た。

「声をもう少し落としてくださいますよう」

林が願った。

「すまぬ」

興奮したことを数馬は恥じた。

「他人目《ひとめ》のあるところで、他国者、しかも武家に詰問されて、正直に答える者などおりませぬ。しかも質問が怪しい武家の集団にかんするもの。あきらかな厄介《やっかい》ごとでございまするぞ。皆、知らぬ存ぜぬ、思い違いであったと言い逃れをいたすだけ」

「では、どうするのだ。見逃すのか」

数馬は林に迫った。

「店を出るのを待ち、ひそかに話をいたしまする」

「なるほど」

「金のない人足は酒をそう多くは飲めませせぬ、今すぐ席を立ち帰ってもおかしくはございませせぬ。こちらもいつでも応じられるように食事をすませておきましょう」

林の勧めで、一同は飯を急いで喰った。五分つきの米は固い。よく噛《か》まないと消化によくないが、そんなことは言ってられなかった。醬油からい煮物が、飯を喰う助けになった。

「外で待ちましょう。見知らぬ者が長居しては、目立ちまする」

食事を終えた林が促した。

外で待つこと小半刻《こはんとき》（約三十分）弱、ようやく赤銅色の肌を持つ人足が、煮売り屋を出てきた。

「すまぬ」

数馬を制して林が声をかけた。

「へい。あっしで」

人足が戸惑いぎみに答えた。

「少しものを訊きたい。さきほど怪我人を含んだ武家の集団を見たと話しておったろう」

「……知りやせん」

にべもなく人足が首を振った。

「確かに聞いた」

数馬が迫った。

「酔っていたのでおぼえておりやせんで」

人足が逃げた。

「つい先ほどのことではないか」

「わかりやせん。ごめんくださいやし」

頑《かたく》なに首を振った人足が、踵《きびす》を返そうとした。

「待て……」

「落ち着かれませ」

手を伸ばそうとした数馬を林が止めた。

「そうか。残念だ。話を聞かせてもらえば……」

林が左手を開いた。掌《てのひら》に包まれていた十匁の小粒銀が月明かりを受けて、鈍く光った。

「この金は、話を聞かせてもらった礼のつもりなのだが、もう一人の男にやるとしよう。足を止めてすまなかったな。気を付けて帰れ」

小さく林が手を振った。

「……旦那。その金をいただけるんで」

人足が低い声を出した。

「話をしてくれた礼としてならな」

林が小粒銀を掌で転がした。

「なにをお知りになりたいので」

「全部だ」

数馬は要求した。

「……ご苦労だったな」

話し終えて手を出す人足に、林が小粒銀を渡した。

「どうも」

何度も頭を下げて、人足が去っていった。

「急ぎ戻ろう」

「はい」

数馬の言葉に、林が同意した。

脇本陣へ戻った数馬は、前田直作に聞いた話を伝えた。

「怪我人を連れたまま、夜旅をかけたというのだな」

「はい」

前田直作の確認に、数馬は首肯した。

「なぜ急いでいるのだ」

刺客が標的を置いてきぼりに、先を急ぐなど考えられない話であった。

二人は悩んだ。

「先に江戸屋敷へ向かい、殿へ直訴するつもりでは」

数馬が言った。

「許可も受けず、かってに藩境をこえ江戸へ出る。御法度《ごはっと》だ。殿にお目通りするどころか、切腹ものだ」

藩士の旅には許しが要った。違反は逃亡扱いとなり、士籍剝奪《はくだつ》、下手をすれば上意討ちの対象になった。

「人足の話では、無事な者八名と怪我人二名という話であったな」

もう一度前田直作が確かめた。

「はい」

「我らが三名欠けて七名か。怪我人二名は予備戦力と考えれば同数。しかもこちらには剣の遣《つか》える瀬能氏と石動がいる。襲うには人数が足りぬと考えたか」

「合流……」

はっと数馬は気づいた。

「大聖寺から福井を通った連中と中山道で合流するつもりか」

前田直作も顔をゆがめた。

「信濃追分が中山道との合流する宿場。そこでございましょうや」

「いや、信濃追分は街道がぶつかるだけに賑《にぎ》やかだ。それにあの辺りは物成りが悪く、稗《ひえ》か蕎麦《そば》しか育たず、樹木もほとんどない。身を隠すことが難しい。待ち伏せには適していない」

江戸へ行ったことがあるだけに、前田直作は様子をよく知っていた。

「では、北陸街道へ戻って来る」

「いや、その先だろう。我らは主命で出府している。なにがあっても江戸へ行かねばならぬのだ。難所であろうとも避けられぬ」

数馬の言葉を前田直作が否定した。

「難所でございますか」

「追分の先に碓氷峠がある。碓氷峠は信濃国と上野国を分ける峻険な峠だ。こちら側からは、まだ百丈（約三百メートル）ほどの高低差だが、峠をこえての下りは二百丈に近い」

「二百丈」

　聞いた数馬が息を呑《の》んだ。

「しかも急な坂道を降りねばならぬ」

「……峠の上と下で挟《はさ》まれれば……」

　前田直作の話から、数馬は攻め手を考えた。

「我らをやり過ごした後、上から追い落としをかける」

　戦国の世、山城が多かったのは、上から攻めるのが容易《たやす》いからであった。足場をしっかりしておけば、上からは重みを加えた攻撃を出せる。

「坂を下るのは、どうしても前のめりになり、踏ん張りが利かぬ。なにより背中から追われているという恐怖が、身体の筋を縮める。そこを待ち構えていた連中に襲われれば……」

　数馬の後を前田直作が引き取った。

「勝負になりませぬな」

大きく数馬がため息を吐《つ》いた。

「だが、避けてはとおれぬ」

前田直作が首を振った。

「向こうが夜旅をかけたのは、少しでも早く信濃追分に着き、峠での襲撃の準備をするため」

「ああ。怪我人を抱えての強行軍だ。そうとでも考えねば、つじつまがあわぬ」

数馬の意見に前田直作が同意した。

「峠ごえにはどのくらいかかりましょう」

「そうだな、朝早めに信濃追分を出れば、昼ごろには松井田宿《まついだしゅく》には着けるはずだ」

前田直作が告げた。

「林どの、人足は一日どのくらいで雇《やと》えましょう」

「二百文もあれば、よろしいかと」

問われた林が答えた。

「二十人雇って一両か」

「なにを考えている」

独りごちた数馬へ、前田直作が問うた。

「うまくいくかどうかわかりませぬゆえ、今はご容赦《ようしゃ》を」

数馬は頼んだ。

「瀬能さま、信濃追分にそんなに多くの人足はおりませぬ。いてもせいぜい十名というところでしょう」

「十名か。それでは足らぬな」

「上田《うえだ》の城下でございまする」

林が述べた。

上田は外様仙石《せんごく》家の城下町である。六万石とさほど大きな城下ではないが、宿場とは一線を画している。

「人足十名を引き連れて、街道を急ぐのは難しいか」

「まだ上田まででも二日ある。焦るな」

前田直作が助言してくれた。

翌朝も早立ちした一行は、ときどき先行している刺客たちの様子を訊きながら道を進め、牟礼《むれ》の宿場で一夜を過ごし、翌日上田の城下で宿をとった。

「明日、いよいよ碓氷峠だ」

「このままでいけば、碓氷峠を通過するのは何刻ごろになりましょう」

初めての旅でなにもわからない数馬は、素直に問うた。

「日の落ちる前には峠に着けると思うが……」

「追分あるいは軽井沢で泊まるわけには参りませぬか」

「……そうしたいが、状況が状況だ。一日でも、いや半日、一刻でも早く江戸へ着かねばならぬ」

数馬の提案を一瞬だけ迷った前田直作が拒否した。

「わかりましてございまする」

行列の主は前田直作である。その決定に数馬は従わねばならない。

「明日は戦いになる。一同早めに休め」

前田直作の指示で、夕餉もそこそこに皆就寝した。

翌日、小走りに近い状態で進んだお陰もあり、昼ごろには追分の宿場に着いた。

「今朝方《けさがた》、大勢の侍が峠へ向かったそうでございまする」

すぐに生田が、聞き合わせてきた。

「正確な人数とか、道具は」

「あいにく、そこまでは。鉄炮は見えなかったとは申しておりましたが」

主に尋《たず》ねられた生田が申しわけなさそうに首を振った。侍の一行をじっと見ていて難癖をつけられてはたまらない。宿場の者たちの話が曖昧なのは仕方のないことであった。

「ご苦労。一同、ここで中食《ちゅうじき》を摂《と》る。戦は確定だ。あまり喰いすぎるな」

宿場のなかほどにある茶屋で、休息を兼ねた昼食を前田直作は命じた。

「林、少しつきあってくれ」

数馬は林を誘って茶屋を出た。

「問屋場でございますな」

「わかっていたか」

「人足を雇い、軽井沢まで同行させようというお考えでございましょう。人を多くすることで、あきらめさせるおつもりならば、お止《や》めなさいませ」

はっきり林が首を振った。

「どうしてだ。他人がいれば馬鹿はできまい」

数の威力を数馬は利用するつもりでいた。

「同藩の者を旅先まで来て殺そうとする。十分馬鹿でございまする。そのような馬鹿が、他人を気遣いますか。それこそ百でも連れていけば大丈夫でしょうが、十やそこらでは無意味でございまする。また人足などは気の荒い者でございますが、白刃になれておりませぬ。一人でも斬られれば、あっさり逃げ出しますぞ。なにより他人を巻きこむようなまねは、よろしくございませぬ。どこでどう敵に利用されるかわかりませぬ」

林が述べた。

「利用される……」

「瀬能さまは、本多の婿になられるのでございまする。あなたさまの失策は、本多の傷。本多の立場はよくご存じのはず」

厳しい口調で林が言った。

「…………」

数馬は黙った。

「あなたさまは、後ろ指を指されるようなまねをなさってはならぬのでございまする」

さらに林が釘を刺した。

「……だが、それではどうやって峠をこえる」

「罠を張っているとわかっているのでございましょう」

「ああ」

言われて数馬はうなずいた。

「…………」

無言で林が数馬を見た。

「食い破れというか」

「おできになりましょう。瀬能さまももう本多の一族。策をお立てなさいませ」

林が煽《あお》った。

「……金は遣っていいな」

「もちろんでございまする」

強く林が首を縦に振った。

「人が駄目ならば……」

前方に立ちはだかる碓氷峠を数馬は見上げた。

「問屋場に行く」

踏みしめるように、数馬は歩いた。

「百万石の留守居役（二）」へ続く

あとがき

「百万石の留守居役」シリーズ第一巻をお届けします。

「奥右筆秘帳」とは大きく趣《おもむき》を変えさせていただきました。

まず主人公は奥右筆秘帳で挑戦いたしました立花併右衛門《たちばなへいえもん》、柊衛悟《ひいらぎえいご》の二人制から、瀬能数馬《せのうかずま》の一人へと減らしております。

続いて舞台を幕府から加賀《かが》藩へと移しました。いくつかのシリーズを書かせていただいておりますが、外様《とざま》大名の家臣を主人公にするのは初めての試みになります。いわば、政権与党から野党への鞍替《くらが》えです。今までと違い、幕府の圧力に抑えられる側から、江戸時代を描いてみたく、このような舞台を作らせていただきました。

この百万石の留守居役シリーズは、奥右筆秘帳を十二巻で終わらせたいとわたしが担当氏に申し出た理由の一つであります。

奥右筆秘帳の最終巻のあとがきに記しました「惰性《だせい》に落ちるのを避けたい」という

のが、前シリーズにピリオドを打つ最大の原因であったのはまちがいありません。ただ、それだけではなく、新しい世界を登場させたいという願いも強かったのです。

これは作家の業《ごう》だと思います。

作家というのは、一種の変人です。頭のなかに現実ではない物語をいくつも抱えています。嘘偽《うそいつわ》り、ただの物語に過ぎないとはいえ、多くの登場人物の人生を脳のなかで育《はぐく》んでいる。そこには、誕生があり、愛があり、挫折《ざせつ》があり、成功があり、死があります。表に出ることなく、消えてしまう物語も山ほどあります。そんななかから、いくつかが、わたしの世界を生かしてくれとアピールしてきます。今回の百万石の留守居役もそうでした。

始まりは、三年ほど前にさかのぼります。わたしの作品、そのほとんどの表紙絵をお願いしている装画家の西のぼる先生が大阪までお出でくださり、ご一緒に食事をさせていただきました。そのとき、西先生が「金沢は良いところですよ。一度おいでなさい、案内してあげるから」とお誘いくださいました。西先生は、能登《のと》のご出身で金沢近郊にアトリエをお持ちです。そこから、わたしの興味は金沢に向かいました。

江戸時代唯一の百万石の加賀前田《まえだ》家の城下であり、北陸の小京都と言われる文化と歴史ある町、日本でもっとも歩く速度が速いといわれるほど慌《あわ》ただしい大阪で生まれ育ったわたしにとって、金沢はなんとも魅力のあるところとして映りました。

「金沢を書きたい」

「百万石を舞台にしたい」

それからわたしは奥右筆の担当編集者に会うたび、口にしていました。

しかし、歯科医院を開業しながら、作品を発表しているわたしに、なかなかその機会は訪れませんでした。

悶々《もんもん》とまでは言いませんが、金沢への恋々とした思いをなんとかごまかしていたわたしに好機が訪れました。

西先生が地元金沢で個展を開かれる運びとなったのです。西先生は毎年、夏に地元の能登、あるいは金沢で装画作品を中心とした個展をなさっています。その個展で奥右筆秘帳を中心とするわたくしの作品の表紙絵を並べてくださるというのです。これは万難を排しても行かなければと勢いこんでいたわたしに、さらなる後押しを西先生はしてくださいました。

「来館された方々を前に、一緒《いっしょ》にトークショーをやらないか」

金沢へ行くだけの名目、いえ錦の御旗をいただいたのです。その話を聞いた講談社の担当氏も、「新作の取材を兼ねませんか」と言い出してくれました。

こうして二年越しの願望は形になり、昨年の夏わたくしは金沢を訪れました。西先生のファンの方々を前に厚かましくも講演をさせていただいただけでなく、親しくお話もさせてもらい、金沢の人情に触れられました。また、西先生のご案内で、江戸時代から続くお茶屋さんにも揚《あ》がりました。他にも金沢城、兼六園、本多《ほんだ》の森、武家屋敷などを訪れました。

一泊二日という慌《あわ》ただしい取材でしたが、金沢の町はわたしに大きな印象を与えました。頭のなかで物語が産声をあげ、育ち始めました。もちろん、ただ一度の取材でどうにかなるほど、甘いものではありません。一度目の取材で手に入れた資料などを精査し、翌月もう一度一泊二日の取材をおこないました。これは、一度目の来訪で受けた感銘を薄れさせないためのものです。そして、奥右筆秘帳最終巻の原稿を終えるなり、三度目の取材をいたしました。一度目、二度目で金沢のイメージを摑《つか》み、三度目で細かいところを確認する。さらに三度目は、地元の書店さんを手当たり次第に回りました。地方でなければ手に入らない本を買うためでした。郷土史などは、全国規模を誇る大手書店さんでもなかなか扱っていません。ですが、地元をよく知り、郷土を愛している方々の書かれた本は、よそ者にとって、大きな助けです。今回は郷土史関連だけで三十冊ほど購入し、大阪へ戻って読みふけりました。

その集大成がこの一巻目です。

金沢のすばらしさを書ききれたなどとうぬぼれてはいません。地元の方々から見れば、おかしなところだらけだろうと思います。新シリーズスタート時の戸惑いと不安もあります。それでも精一杯やったつもりでおります。

奥右筆秘帳はまだ読めたけど、今度のは駄目だね。そう言われないよう、続きます二巻以降も全力を尽くします。

どうぞ、瀬能数馬の物語にお付き合いをくださいませ。

北陸《ほくりく》新幹線の開通で金沢は大阪からだけでなく東京からも二時間半と至近になることでしょう。戦災に遭《あ》わなかった金沢は、往年の姿を色濃く残しています。

三回目の取材では、江戸末期創業の老舗《しにせ》料理旅館「浅田屋」さんにお世話になりました。料理はもちろん、女将《おかみ》さん、仲居さんの対応もすばらしいものでした。また、藩老本多蔵品館では、今の本多家のご当主さま自ら受付に立たれ、来客をお迎えくださってました。

滝川クリステルさんが、オリンピックの招致会場で言われた「お・も・て・な・し」の心が金沢にはあります。是非《ぜひ》、一度と言わず二度、三度、金沢をご訪問いただきたく思います。

金沢の取材でお世話になったすべての方に感謝をささげつつ

平成二十五年夏の終わりに

上田　秀人拝

解説

縄田一男

「この文庫書き下ろし時代小説がすごい！」（二〇〇九年宝島社刊）でランキングナンバーワンに輝いた「奥右筆秘帳」全十二巻を、見事、完結させた上田秀人の次なる目標は、「御広敷《おひろしき》用人大奥記録」、「妾屋《めかけや》昼兵衛女帳面」、「お髷番《まげばん》承り候」、「表御番《おもてごばん》医師診療禄」等、多くのシリーズを抱えつつ、前述の「奥右筆秘帳」に優るとも劣らない新シリーズの創造であった。

ところがその前に、読者を驚愕《きようがく》させるような単発作品が刊行された。作者は、かつて『天主信長　我こそ天下なり』を単行本で書き下ろし、本能寺《ほんのうじ》の変にはもう手がない、といわれていた定説を覆《くつがえ》し、未《いま》だかつて考えられたことのない真相を提示、戦国小説ファンを思わずニヤリとさせたものであった。

　この作品が今年二〇一三年八月、文庫化された際、『天主信長〈表〉我こそ天下なり』と改題、同時に同じテーマ、同じ歴史を扱いつつも、まったく別の真相に着地する『天主信長〈裏〉天を望むなかれ』を文庫書下ろし作品として刊行、読者に思わぬサービスをしてくれた。

　そして間髪を入れず、新シリーズとなる——これがどれだけ面白いかははじめの五十ページを読めば、了解されよう——『波乱　百万石の留守居役《るすいやく》（一）』をスタートさせたのである。

　さて、分からぬまでも私が時代小説を読みはじめた小学校高学年の頃、松本清張作品に『彩色江戸切絵図』『紅刷り江戸噂』という捕物帳があって、これらをＮＨＫが「文五捕物絵図」としてドラマ化、杉良太郎の出世作となった。その中に「三人の留守居役」という話があり、この作品で初めて留守居役ということばも知った。本書の中でも記されているが、留守居役とは、主君の留守中に諸事を采配《さいはい》する役目であり、人脈のある世慣れた家臣がつとめ、粋人《すいじん》であり、金の使いどころも心得た者でなければならなかった。参勤交代以降は、幕府や他藩との交渉役が主な役割となる。外様《とざま》の藩にとっては、幕府の意向をいちはやく察知して、外様潰《つぶ》しの施策から藩を守る役割が最大の任務となった。ために各藩の留守居役は、密に情報交換を怠《おこた》らなかった。

では、ここからはこの作品の読みどころに触れるので、解説を先に読んでいる方は、ぜひとも本文の方に移っていただきたい。

第一巻の『波乱』の内容を具体的にいってしまえば、〝酒井《さかい》忠清《ただきよ》の陰謀〟ということにでもなろうか。酒井忠清といえば、四代将軍家綱《いえつな》——病弱で自ら政治を行おうとしなかったため、〝そうせい侯〟と呼ばれた——の折の老中で、保科正之《ほしなまさゆき》、阿部《あべ》忠秋《ただあき》ら他の執政役引退後、権勢を極め、権力を掌握《しょうあく》、賄賂《わいろ》政治を行った。岡山藩主池田《いけだ》光政《みつまさ》らの諫言《かんげん》を無視。伊達《だて》騒動、越後《えちご》騒動などの御家《おいえ》騒動を裁決。家綱の危篤《きとく》が知れるや、継嗣《けいし》に有栖川宮幸仁親王《ありすがわのみやゆきひと》擁立《ようりつ》を図る——ところが本書では別のラインが引かれ、これがまた面白いことといったら——のだが五代将軍に綱吉《つなよし》が就任して失脚。忠清の屋敷が江戸城大手門《おおてもん》下馬《げば》札《ふだ》付近にあったことから「下馬将軍」とまでいわれたことがあった。

そして、忠清が五代将軍の座に就けようとしているのは、「家康さまの血を引きながら、政《まつりごと》に手出しをされないお方」＝前田《まえだ》綱紀《つなのり》である。さらに忠清は、藩論を二つに割らせ、外様を取り潰し、その領土を天領に組み込み、幕府財政の赤字に当てる——正に狙われた加賀藩。私はこの一巻を読みはじめて、これは、山本周五郎が代表作『樅《もみ》ノ木は残った』で描いた伊達藩分割の陰謀を思い出さざるを得なかった。そしてこのときの黒幕も酒井忠清と伊達兵部《ひょうぶ》ではなかったか——。そして『樅ノ木は残った』は、伊達騒動に大胆な解釈を加えて幕となる。つまりは、この作品が書かれるまで誰もが想像し得なかった結末なのだ。

一方、本書の場合、いくら酒井忠清が陰謀を張りめぐらそうと、私たちは、誰が五代将軍となるかを知っている。それでいて、この面白さは何と評すべきか。上田秀人、正しく絶好調といわねばなるまい。

そして、アクロバチックな政治的手腕をふるって、前田家の存続を図ろうとする前田直作《なおなり》。加賀藩筆頭の家老の座にあって、ものの役に立たぬ将の多い中、家康の謀臣であった本多《ほんだ》正信《まさのぶ》が先祖であるため、徳川《とくがわ》から使わされた監視役＝「堂々たる隠密」と称される本多政長《まさなが》ら、普段から警戒の眼で見られている彼らのみが次々と御家安泰のための布石を打っていくのも、皮肉で読みごたえのある設定だ。

この本多政長が、本書の後半からようやく主人公として活躍しはじめる瀬《せ》能数馬《のうかずま》に、もののふの神髄を伝えていく箇所《かしょ》は思わず身がひきしまる思いがする。

いわく「天下人が決してしてはいけないことを、おぬしは知っているか」。

そして、その表で、直江状《なおえじょう》に隠された真実、権謀術数の数々も語られていく。

そして徳川の闇を担当してきた本多家の苦悩等々——。

私は、これらの新しい歴史的解釈というものを、作者が単なる思いつきで描いているとは考えない。ほんの一片でも何らかの根拠があるのだ。でなければ、本書のストーリーをこれだけ堅固に運んでいくことは不可能ではあるまいか。

政長はいう——「そうだ。幕府は加賀百万石と能登《のと》という湊《みなと》を手にするだけでなく、本多正信の血を断たせることができる。一石三鳥だ。じつにうまい手を考えたものだ」。（傍点引用者）

上田秀人は、インタビュー「上田秀人に聞く！　～創作への思い、作家としてのこだわり～『上田秀人公式ガイドブック』（徳間文庫）所収」において、「私の全作品に通底するテーマをあえて挙げるなら『継承』でしょうね。自分の子どもはかわいいというやつです。自分にとって大切なものを守るためなら、人間は何でもする。そうした性《さが》というか業《ごう》を抜きに時代小説は書けない、という思いはあります。

現代では『家』といえば『ホーム』ですよね。（中略）でも江戸時代の家の観念はまったく違います。当時の『家』というのは『すべての世界』なんですよね、自分にとっての」「日本人の根本にあるのはやはり武士道だと思うんです。つまり、武家の世界ですね。武家の世界とは家そのものなんです。家を継ぐということがいかに重要だったか。そのためにときとして激しい対立も起きた。そうした日本独自の文化を語り継ぐのも、時代小説家としての私の仕事だと思っています」と語っている。

「継承」――本書でいえばそれは武家の「血脈」と換言《かんげん》することもできようか。本多の血脈、前田の血脈、そして、江戸期を舞台にした作品については最大の血脈、徳川のそれが本書のテーマであるとすれば、本書は、その血脈をねじ曲げようとする輩《やから》と、美しく継承させようとする者たちの争闘を描いた作品であるといえるかもしれない。

そして微笑《ほほえ》ましいところでいえば二巻以降、数馬の遠距離恋愛の相手となる琴《こと》の「産むかぎりは、よき殿方の子を孕《はら》みたい」も。

いよいよ、前田直作が藩主綱紀の命《めい》で江戸へ呼ばれ、その道中に数馬らも加わることに。だが、この道中が無事にすむわけはない。ほとんど「静」だった本書がラストに向かって「動」へと変わり、次巻への期待はいよいよ高まる。

これだから上田秀人作品はやめられない。彼の描くもう一つの『梲ノ木は残った』への期待はますます高まるばかりである。

本書は文庫書下ろし作品です。

|著者| 上田秀人　1959年大阪府生まれ。大阪歯科大学卒。'97年小説CLUB新人賞佳作。歴史知識に裏打ちされた骨太の作風で注目を集める。講談社文庫の「奥右筆秘帳」シリーズ（全十二巻）は、「この時代小説がすごい！」（宝島社刊）で、2009年版、2014年版と二度にわたり文庫シリーズ第一位に輝き、抜群の人気を集める。「百万石の留守居役」は初めて外様の藩を舞台にした新シリーズ。このほか「お髷番承り候」（徳間文庫）、「御広敷用人大奥記録」（光文社文庫）、「闕所物奉行裏帳合」（中公文庫）、「妾屋昼兵衛女帳面」（幻冬舎時代小説文庫）、「表御番医師診療禄」（角川文庫）などのシリーズがある。歴史小説にも取り組み、『孤闘　立花宗茂』（中公文庫）で第16回中山義秀文学賞を受賞、『天主信長』（講談社文庫）では別案を〈裏〉版として書下ろし、異例の二冊で文庫化。近刊に『梟《ふくろう》の系譜　宇喜多四代』（講談社）。
上田秀人公式HP「如流水の庵」 http://www.ueda-hideto.jp/

波乱《はらん》　百万石《ひゃくまんごく》の留《る》守《す》居《い》役《やく》（一）

上田秀人《うえだひでと》

2013年11月15日第１刷発行
2014年３月18日第５刷発行

講談社文庫
定価はカバーに
表示してあります

発行者――鈴木　哲
発行所――株式会社　講談社
東京都文京区音羽2-12-21　〒112-8001
電話　出版部（03）5395-3510
　　　販売部（03）5395-5817
　　　業務部（03）5395-3615

デザイン―菊地信義
本文データ制作―講談社デジタル製作部
印刷――中央精版印刷株式会社
製本――中央精版印刷株式会社

Printed in Japan

ISBN978-4-06-277703-2

講談社文庫刊行の辞

二十一世紀の到来を目睫に望みながら、われわれはいま、人類史上かつて例を見ない巨大な転換期をむかえようとしている。

世界も、日本も、激動の予兆に対する期待とおののきを内に蔵して、未知の時代に歩み入ろうとしている。このときにあたり、創業の人野間清治の「ナショナル・エデュケイター」への志を現代に甦らせようと意図して、われわれはここに古今の文芸作品はいうまでもなく、ひろく人文・社会・自然の諸科学から東西の名著を網羅する、新しい綜合文庫の発刊を決意した。

激動の転換期はまた断絶の時代である。われわれは戦後二十五年間の出版文化のありかたへの深い反省をこめて、この断絶の時代にあえて人間的な持続を求めようとする。いたずらに浮薄な商業主義のあだ花を追い求めることなく、長期にわたって良書に生命をあたえようとつとめるところにしか、今後の出版文化の真の繁栄はあり得ないと信じるからである。

同時にわれわれはこの綜合文庫の刊行を通じて、人文・社会・自然の諸科学が、結局人間の学にほかならないことを立証しようと願っている。かつて知識とは、「汝自身を知る」ことにつきていた。現代社会の瑣末な情報の氾濫のなかから、力強い知識の源泉を掘り起し、技術文明のただなかに、生きた人間の姿を復活させること。それこそわれわれの切なる希求である。

われわれは権威に盲従せず、俗流に媚びることなく、渾然一体となって日本の「草の根」をかたちづくる若く新しい世代の人々に、心をこめてこの新しい綜合文庫をおくり届けたい。それは知識の泉であるとともに感受性のふるさとであり、もっとも有機的に組織され、社会に開かれた万人のための大学をめざしている。大方の支援と協力を衷心より切望してやまない。

一九七一年七月

野間省一

講談社文庫
書下ろし

上田秀人「奥右筆秘帳」シリーズ

痛快無比！

□第七巻　隠密《おんみつ》
ISBN978-4-06-276831-3

一族との縁組を断り、ついに定信と敵対した併右衛門は、将軍家斉が毒殺されかかった事件を知る。手負いの衛悟には、刺客が殺到する。

□第八巻　刃傷《にんじょう》
ISBN978-4-06-276989-1

江戸城中で伊賀者の刺客に斬りつけられた併右衛門は、受けた脇差の鞘が割れ、老中部屋の圧力で、切腹、お家断絶の危機に立たされる。

□第九巻　召抱《めしかかえ》
ISBN978-4-06-277127-6

瑞紀との念願の婚約が決まったのもつかの間、衛悟に新規旗本召し抱えの話がもたらされる。定信の策略で二人は引き離されるのか⁉

□第十巻　墨痕《ぼっこん》
ISBN978-4-06-277296-9

衛悟が将軍を護ったことで立花、柊両家の加増が決まる。だが定信は将軍謀殺を狙う勢力と手を結ぶ。大奥での法要で何かが起きる⁉

□第十一巻　天下《てんか》
ISBN978-4-06-277437-6

将軍襲撃の衝撃冷めやらぬ大奥で、新たな策謀が。親藩入りを狙う薩摩からの刺客を察知した併右衛門の打つ手とは？　女忍らの激闘！

□第十二巻　決戦《けっせん》
ISBN978-4-06-277581-6

ついに治済・家斉の将軍位をめぐる父子激突。そしてお庭番を蹴散らした最強の敵冥府防人に、衛悟は生死を懸けた最後の闘いを挑む！

〈完結〉

講談社文庫　目録

宇江佐真理　富子すきすき
浦賀和宏　眠りの牢獄
浦賀和宏　記憶の果て(上)(下)
上野哲也　ニライカナイの空で
上野哲也　五五五文字の巡礼〈魏志倭人伝トーク 地理篇〉
魚住 昭　渡邉恒雄 メディアと権力
魚住 昭　野中広務 差別と権力
氏家幹人　江戸老人旗本夜話
氏家幹人　江戸の性談〈男たちの秘密〉
氏家幹人　江戸の怪奇譚
内田春菊　愛だからいいのよ
内田春菊　ほんとに建つのかな
内田春菊　あなたも奔放な女と呼ばれよう
魚住直子　非・バランス
魚住直子　超・ハーモニー
魚住直子　未・フレンズ
魚住直子　ピンクの神様
植松晃士　おブスの言い訳
内田也哉子　ペーパームービー

上田秀人　密封〈奥右筆秘帳〉
上田秀人　国禁〈奥右筆秘帳〉
上田秀人　侵蝕〈奥右筆秘帳〉
上田秀人　継承〈奥右筆秘帳〉
上田秀人　簒《さん》奪《だっ》〈奥右筆秘帳〉
上田秀人　秘闘〈奥右筆秘帳〉
上田秀人　隠密〈奥右筆秘帳〉
上田秀人　刃傷〈奥右筆秘帳〉
上田秀人　召《めし》抱《かかえ》〈奥右筆秘帳〉
上田秀人　墨《ぼっ》痕《こん》〈奥右筆秘帳〉
上田秀人　天下〈奥右筆秘帳〉
上田秀人　決戦〈奥右筆秘帳〉
上田秀人　軍師の挑戦〈上田秀人初期作品集〉
上田秀人　天主信長〈表〉〈我こそ天下なり〉
上田秀人　天主信長〈裏〉〈天を望むなかれ〉
上田秀人　波乱〈百万石の留守居役(一)〉
上田秀人　思惑〈百万石の留守居役(二)〉
内田 樹　下流志向〈学ばない子どもたち 働かない若者たち〉
内田 樹／釈 徹宗　現代霊性論

上橋菜穂子　獣の奏者〈Ⅰ闘蛇編〉
上橋菜穂子　獣の奏者〈Ⅱ王獣編〉
上橋菜穂子　獣の奏者〈Ⅲ探求編〉
上橋菜穂子　獣の奏者〈Ⅳ完結編〉
上橋菜穂子　獣の奏者〈外伝 刹那〉
上田紀行　ダライ・ラマとの対話
上田紀行　スリランカの悪魔祓い
ヴァシィ章絵　ワーホリ任侠伝
内澤旬子　おやじがき〈絶滅危惧種中年男性図鑑〉
We are 宇宙兄弟！編　宇宙小説
遠藤周作　ユーモア小説集
遠藤周作　ぐうたら人間学
遠藤周作　聖書のなかの女性たち
遠藤周作　さらば、夏の光よ
遠藤周作　最後の殉教者
遠藤周作　反逆(上)(下)
遠藤周作　ひとりを愛し続ける本
遠藤周作　深い河《ディープ・リバー》
遠藤周作　周作塾〈読んでもタメにならないエッセイ〉

2014年3月15日現在